U0590277

H-32

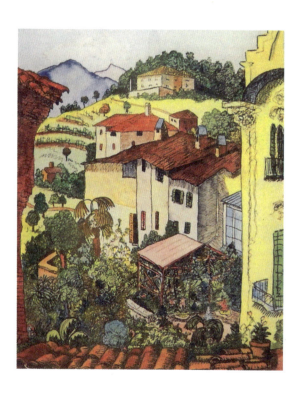

克林索尔的
最后夏天

[德] 赫尔曼·黑塞 著

张佩芬 译

江苏凤凰文艺出版社
JIANGSU PHOENIX LITERATURE AND
ART PUBLISHING

新流出品

  在黑塞 85 年人生中，有 60 年与中国文化的结缘经历，远远超过托尔斯泰受人称道的 28 年热诚阅读中国书籍的经历。倘若说，黑塞青少年时代之亲近东方文化还由于双亲家庭的影响，那么成人后始终孜孜不倦汲取中国思想，并顽强坚持于生活和创作之中，则纯是自觉的选择。1904 年，黑塞一俟结婚成家有了房子，便在自己的家庭图书室里建立起了一个"中国角"，称之为"美丽、和平、幸福的角落"，其中收藏的中国书籍可称包罗万象：从概况介绍、历史、小说、诗歌、哲学、宗教、绘画直至稗史传说应有尽有。第二次世界大战期间，"中国角"曾起了精神避难所的作用："在这些古老的书籍里有如此美好并且往往极有现实价值的东西。在那些令人恐怖的年代，我是怎样经常来到这里寻找能够安慰我、鼓舞我的思想啊！"可以说，黑塞努力从不同文化中吸收养分，寻求超越民族差异的东西，并试图加以融和综合，目的是让自己得以成为"人"。黑塞深信，人们内心有些地方是一切政治或其他力量所达不到的，他寻求的"向内之路"也就是通过教育让自己遵循内心良知的声音而找到"家"，找到"精神故乡"，如同他在那篇《我最喜爱的读物》(1945 年)里所阐述："然而，血统、乡土和母语，连同文学在内，并非世上的一切，远远超越一切之上的是人性，它一再赋予我惊讶与喜悦的可能性：在最遥远、最陌生的地方发现一个故乡，让我去爱那些似乎非常难以接近的东西，并因而产生信任感。我早年与印度思想以及晚年与中国思想的关系便足资证实。"我们知道，黑塞在所有东方文化中，事实上最偏爱中国，从 1907 年发表第一篇书评《论＜中国的笛子＞》开始，迄至 1961 年的诗歌《禅院的小和尚》问世，半个多世纪未曾停止对中国文化的研读和撰写工作，范围更是涉及文学、音乐、哲学、宗教、艺术等几乎一切意识形态领域，尽管他直接塑造中国形象的作品不多，而且都是小型作品，但是，中国因素却是他许多主要著作的重要内容，自《德米昂》《克林索尔》《席特哈尔塔》到《荒原狼》《纳尔齐斯与歌尔德蒙》，一直到晚年的《东方之旅》和《玻璃球游戏》，无不如此。

黑塞第一篇评论中国的文字是介绍汉斯·伯特格 (Hans Bethge) 翻译的中国抒情诗集《中国的笛子》，伯特格不识中文，所谓翻译是把别人文字别扭的译本进行改写，陈铨的《中德文学研究》中曾对伯特格有所批评："几千年以来，中华民族受了孔家哲学的熏陶束缚，现在要叫一位中国人，像一位西洋人那样直率的表情，真是一件不容易的事情。中国抒情诗表现中国人对人生的态度，所以也不像西洋诗那样坦白。如果一位翻译中国诗的德国人，不懂这种心理，他一定不能正确表现原文的意义。伯特格的错处，就在这里。所以他的改作虽然美，始终是德国诗，不是中国诗。"然而，在德国人黑塞眼中，《中国的笛子》里的历代中国诗却全都是中国精神的化身，称之为"一本惊人的书"。黑塞形容道："李太白用他的诗句形成了顶峰，一位忧郁的豪饮者和爱心大使，诗歌表面光彩夺目，内里却充盈着无法安慰的悲哀。我们流连异国情调纯美莲花装饰之间，总是有种感觉一再油然而生，让我们忆起古希腊人、古意大利人和中世纪德国骑士诗人，忆起那种无拘无束的无限人性。"读过《中国的笛子》后很长一段时期里，黑塞可算是"迷"上了李白，甚至直接写进了《克林索尔的最后夏天》(1920 年)，给主人公染上了浓重中国色彩。

从 1907 年到第一次世界大战爆发，短短几年间，黑塞发表了多篇介绍中国古代哲人和中国文学的评论文字。1909 年的《孔子》一文中说："这本读物并不轻松，人们一再感觉正在呼吸一种陌生的空气，与我们日常习惯的生活方式和相互关系全然不同。然而我并不后悔为这部《论语》花费的光阴。……因为我们对我们自己的个人主义文化也必须不时从对立角度予以比较、观察，而不能一味认为理所当然。"30多年后，黑塞在《我最喜爱的读物》(1945年)里又进一步赞誉了2000多年前的许多中国古人，尤其是孔子。他说道："这些中国圣贤和智者，不论是壮丽的《庄子》，不论是《礼记》或者《孟轲》，他们的叙述都与西方慷慨激昂者相反，他们都惊人地简单朴素，他们接近普通人和日常生活，他们从不飞扬跋扈不可一世，他们乐意生活于一种隐姓埋名的朴素状态，他们所采用的表达方式，总是一再让人们感到吃惊，又同时感到高兴。孔夫子是老子的最大的竞争对手，他是制度订立者和道德家，是道德秩序的卫护者和制定者，是中国古代圣贤中唯一多少具有庄严的气度者(Etwas Feierliche)，譬如他偶尔说了句颇能表明其性格特征的话：'知其不可为而为之'。这句话说得如此泰然自若，如此幽默，又如此质朴，我不曾在任何其他文学中看见任何类似的例子。我经常思索这句箴言，也在观察世界上种种事件时，联想起另一些箴言，玩味那些在未来几年和几十年里有意治理世界和完善世界的人们所说的话语。他们和孔子一样行动，但是在他们行动的后面，却没有那种应该'知其不可为'的智慧。"同一篇文章里，关于老子的评论更让我们吃惊，黑塞说的是："通过卫礼贤 (Richard Wilhelm)[1] 的翻译工作，我多少认识了另一些中国著作，倘若没有读到这些书，我不知道自己会如何生活下去，那就是中国的道家思想。……我绝未料想到，竟有如此奇妙的中国文学，如此特殊的中国人和中国精神，使我从 30 岁以后不仅热爱和尊重而且还越出界限，让中国成为第二故乡和精神避难所。……我既不识中文，也未曾到过中国，却有幸通过自己的想象寻找出一种精神气息和精神故乡而陶醉其中，如同我以往醉心于自己与生俱来母语世界的著作里一样。"

1910 年，黑塞为《道德经》写了书评，"受到介绍的限制，一般欧洲人认为中国哲学奉行中庸之道，而老子哲学因其生动活泼，乍一看来几乎不像中国思

1　卫礼贤 (1873—1930)，德国汉学家，他翻译的《孔子》《老子》《庄子》《孟子》《列子》《易经》等中国经典，至今仍流行欧美。

想，"黑塞写道，"在众所周知的远东思想家中，并无一人像老子那样在伦理观念上使我们西方雅利安人感觉亲近和关系密切。拿他与我们近年来如此热衷研究的哲学——提倡遁世，又经常过于烦琐和冥思的印度哲学——进行比较，老子的中国智慧赋予人绝对淳朴和实际和感觉，……他为发展人性所做的工作也比许多西方学者更为伟大而合乎目标，那些学者为提倡隐士哲学而摒弃了本能直觉。"文章援引了《道德经》最后一章以证实其论点之正确："信言不美，美言不信。善者不辩，辩者不善。知者不博，博者不知。圣人不积，既以为人已愈有，既以与人已愈多。无之道，利而不害。圣人之道，为而不争。"

一年后，黑塞在《谈谈中国》(1911 年) 里，反思前几年关于中国的文字，写下了这样的话："我们过去对古老中国哲人所作的评论，大概比我们实际认识的要多些，事实上也许只有很少书籍记载着的是本质性内容。"然而黑塞接着还是就他新近阅读的《庄子》发表了见解："庄子比老子晚三百年，格里尔把他们两人的关系相比于柏拉图和苏格拉底的关系。我自知不宜对这些著作本身或者对它们的翻译工作妄加评论；我只想以一个门外汉的身份谈谈自己的认识，我过去仅仅对佛教的以及从佛陀学说转化的古老东方哲学思想有所了解，而这本奇妙的书却给予我绝对全新的认识价值。我原以为在东方亚洲，在佛教和基督教之间，并不存在发展成为哲学思想的民族宗教。……我曾屡次叹息，我们东方学者们的工作成果实在太少。如今已有了若干成果，我们只能期望它们日益发展并且起影响。东方知识不会把我们导入陌生歧途，而会给我们一种愉快的经历，我们早就该把它们视作自己的优秀财富来深深珍爱了。"

1912—1914 年期间，黑塞写了多篇论中国民间故事和小说的文字，以评述蒲松龄《聊斋》的最为出色："书所涉及的既非有教育意义的文学游戏，也非对所谓民间传说进行的无足轻重的一般加工，而是开辟了一个对我们来说完全陌生的童话世界。这部书是我所认识的中国文学自《诗经》和《庄子》之后最富于诗意价值的著作。"黑塞感觉这些小说很像他所见到的中国画和青铜器，其故事"让人呼吸到最悲惨和最甜蜜的爱情如何内在地联结在一起，梦境和现实，超自然的生活和最普通的日常生活如何紧密而自然地互相融会在一起，以至我简直找不出任何相当的东西与之相比较，除了美丽的梦。和我们在梦里一样，鬼怪和已故者，真实人物和想象人物都自由自在来来往往，一切愿望和祈求、甜蜜和悲惨都共同并存在静静的朦胧之中，有一些渐渐消失于黑暗，有一些却高高上升为象征性形象。我但愿每夜都有这样的美梦，但愿每年都读到一本这样的好书。可惜罕见这般好书"！

战后，黑塞很快便捡起已荒疏很久的中国材料，有的直接或间接写进了当时的主要作品，如《克林索尔的最后夏天》(1920 年)、《席特哈尔塔》(1922 年)、《荒原狼》(1927 年) 等，有的则是独立的评论文字。20 世纪 30 年代初的德国政治现实促使黑塞再一次思索战争与和平的问题，在此后的文章和作品里，根据他自己的体验融入创作，对中国思想有了比以往更多的"再创造"，如《东方之旅》《玻璃球游戏》等。

1933 年希特勒刚刚上台之际，黑塞在致罗多夫·约可布·霍姆[1]的信里清楚表明一切问题的根本原因是"缺少爱，缺少人道人性"，而他作为作家"无法产生直接影响"，只能以自己的方式促进这种精神思想的诞生，这封信写于 3 月 19 日—3 月 20 日，黑塞正准备接待第一批逃离德国的客人。

黑塞 1946 年获诺贝尔文学奖后，信件似潮水般涌进黑塞屋，使黑塞难以应付，复信被他戏称为"苦役"。黑塞一生从未请人代笔复信，不得不以公开信，也即以文章形式完成这项任务，自 1946 年迄至 1962 年逝世，黑塞的许多答复，包括一些涉及中国思想的提问，便以这类被黑塞称之为"公开陈述"的文章形式出现于当时报刊。

黑塞在 20 世纪 20 年代初到 30 年代初这段时间里，几乎年年都有关于中国的文字问世，其中不乏

---

1 罗多夫·约可布·霍姆（Rudolf Jacob Humm，1895—1977），瑞士作家，自学生时代便与黑塞通讯讨论文学问题，迄至黑塞去世未曾中断书信往来，《黑塞—霍姆书信集》(1977 年) 被认为是黑塞写得最好、最能反映其个性特征的书信。

在社会上产生影响的文字，如为 1924 年《易经》德译本写的书评《谈谈〈易经〉》(1925 年)，为 1928 年《吕氏春秋》德评本写的书评《吕不韦的〈春秋〉》(1929 年)，以及论述德国汉学家卫礼贤成就的文字。黑塞在《谈谈〈易经〉》一文中把《易经》和《圣经》《道德经》一起奉为"神圣和智慧的书籍"，认为"人们可以在这些书籍的陪伴中和气氛里度过多年岁月，……可以不断用这些伟大和神圣的尺度去衡量日常生活的一切繁文缛节，包括衡量其他不同的读物"。黑塞说自己是因为"其中的智慧而爱它、使用它的，……书中以譬喻形成的体系是为整个宇宙构思的，对于这部书，我从未设想自己能够很快看懂"。文章最后写下的是一种阅读感觉："这部变化之书放在我的卧室已有半年之久，每次阅读从未曾超过一页。当人们注视某一个组合符号时，当人们深入沉思于'坎'[1]这一创造性符号，深入沉

1　坎，《易经》第二十九卦。判词是："有孚，维心亨，行有尚。"

思于'随'¹这一温和符号，人们就觉得不是在阅读，也不是在思考，而似乎是在望着流动的河水或者飘逝的浮云。书中记载着一切，是人们能够思索到和经历到的一切。"显然，在黑塞眼中，《易经》变化不定的卦象所反映的是整体的世界，就像文章所写："《易经》以譬喻形成的体系是为整个宇宙构思的。"

第二次大战后，黑塞的健康每况愈下，1949 年写了"孟夏语录"挂在大门口，谢绝来访者。

孟夏语录

倘若一个人老了

完成了自己的存在，

他有权利静静地

和死神结为朋友。

他不需要人来看他。

---

1 随，《易经》第十七卦。判词是："元、亨、利、贞。无咎。"谓筮得此卦，举事有利且无咎。

他熟悉他们，也已经看够。

他需要的唯有寂静。

去访问这种老人，和他说话，

用闲话折磨他，

这很不合适。

离开他住房的入口，

走过去，

就像走过无人的空屋。

自从黑塞在家门口挂出"孟夏语录"后，孟夏究竟是谁，便成为人们纷纷关注的焦点，有位德国学者甚至揣测他是与李白、杜甫（黑塞所喜爱的诗人）齐名的唐代诗人。德籍华裔学者夏瑞春在《黑塞与中国》一书中根据作者当时和友人的通信分析说，"这个孟夏不是什么别人，正是穿上了中国服装的黑塞自己"。

黑塞在自己生命最后日子里对中国禅宗佛教的浓厚兴趣，意味着他感受到了禅宗思想以神秘主义形式所蕴藏的人类智慧，如黑塞曾说："真正重要的不是头脑，而是心，没有向内进入心灵就仍然只是外在之物，因而个人的觉醒比任何组织、比任何其他事物更为重要。"显然，在黑塞眼中，这也是一个人把各种智慧从头脑融合沉淀到心里后可能达到的最佳境界。中国古人说："人性秉之于天。"按照黑塞的观点也完全适用于世界上任何民族，黑塞 1946 年给印度学者拉达克里希南的信里就曾写道："东方和西方不存在根本区别。我们每个人身上都有个别部分既是东方的又是西方的。东方和西方并非两个历史和地理概念。这是两种可能性，不论任何时代的任何人都会面临的两种可能性，也是人类精神思想的两种发挥方式。理性和神性的冲动力之对立关系存在于人类的本性之内。这种对立关系不是灾难，而是一种任务和一种机会。"黑塞不仅这么说，也是这么做的，他写"道路就在你自己心中"，便执拗地坚持这条"自由之路"直到生命的尽头。黑塞整整一生从生活到著作所展示的就是两种可能性的交替影响，他试图借以丰富、扩展自己所属的文化，也借以让自己成为真正意义上的"人"。事实就像德国学者基尔希霍夫在《黑塞生平简传》中对黑塞毕生始终在"现实"和"魔术的力量"之间摇摆不定所作的总结，他的分析不无揶揄，却颇为贴切，也恰恰可用作本节的结束句："他已变成一个中国人，却没有终止成为西方人，嗯，甚至仍旧是一个施瓦本人。"

节选自《黑塞与中国》张佩芬著

目录

克林索尔的最后夏天

引言

　　画家克林索尔四十二岁那年在邻近帕帕皮奥、卡勒诺和拉古诺的南方地区度过了自己最后一个夏天，那儿是他年轻时就十分喜欢并经常光顾的地方。他在那儿创作了最后一批绘画，全是自由阐释外在现象世界的创作，全是奇异地闪烁出光亮却又梦幻般寂静的作品，画着弯弯的树木以及像种植在地里的房屋，专家们据此断定他已超过自己的"古典时期"。他的调色板显示他选用了当时别人极少采用的极其明亮的色彩：镉黄色和镉红色，银绿色，彩釉色，钴蓝色，钴紫色，银朱色和鹳嘴红色。

　　深秋时分，克林索尔的朋友们都被他的死讯吓了一跳。在他生前若干信件里已透露出某种对死亡的向往之情,因而产生了他是自杀而死的传闻。另一些涉及他个人声誉的传言则更为毫无根据。许多人断言,克林索尔死前几个月便已精神失常,而一位不太熟识他的艺术评论家则试图从他最后几幅画中某些令人震惊的手法分析他的所谓疯狂!一切谣言的最根本原因在于克林索尔嗜酒的逸闻奇事四处传布。嗜酒是事实,没有人比克林索尔自己更坦率地供认不讳了。有一段时间,也就是他生前最后几个月,他不仅经常狂饮,而且有意识地用酩酊大醉来麻痹自己的痛苦,试图借以减轻日益沉重的忧伤感。李太白,这位十分了不起的饮酒诗人,是他心爱的人,当他醉得飘飘然时,就常常自称李太白并把他的一位朋友称为杜甫。

他的作品传了下来,而在亲人们的小圈子里,关于他的传说和最后一个夏天的故事也广泛流传开了。

克林索尔

一个炽热而短暂的夏天降临了。漫长的炎热的日子就像熊熊的火焰般灼人，短促的闷热月夜之后接着是短促的闷热雨夜，这几个灿烂的星期，充满了热烈的景色，如同梦境一般迅速消逝了。

午夜时分，克林索尔在一次晚间出门后回到家里，独自站在工作室外石砌的小阳台上。他身下是陡直得令人晕眩的古老梯形花园，浓密的树尖形成了郁郁葱葱的一大片，有棕榈树、杉树、栗树、紫荆树、山毛榉和尤加利树，树上缠绕着攀缘植物，有紫藤和其他藤本植物。在这一大片黑压压的树冠上，到处闪烁着夏木兰花巨大叶片的白铁皮般寒光，那些雪白皎洁的大花即使已过了盛期，还有人头那么巨大，苍白的色彩犹如月亮和象牙，从那里，不时还飘逸出沁人心脾的柠檬香味。一阵捉摸不透的乐声，也许是吉他，也许是一架钢琴的琴音，从远处某个地方悠悠地传来。突然，一只关在家禽饲养场的孔雀尖声叫了起来，接着又叫了第二次、第三次，凄楚的叫声阴沉而又生硬，似乎是从地下深处为世上的一切不幸生物尖锐而笨拙地鸣不平。一道闪光的流星飞过郁郁葱葱的山谷。克林索尔看到，无边林海间寂寞地高高耸立着一座白色教堂，它又古老又迷人。而在远方，湖泊、山峦和天空相互交融，形成一片。

克林索尔站在阳台上，只穿着内衣，赤裸裸的胳臂撑在铁栏杆上，他听任自己情绪消沉，只是用灼热的目光凝望着星星在苍白天空写下的字迹，还有那停留在一团团乌云般树木上的柔和亮光。孔雀的鸣声唤醒了他。啊，又已是深夜，也许该上床了，无条件地必须睡觉了。也许人们在一长串夜晚中终于有一个夜晚切实睡着了，睡足了六或者八小时，那就能够彻底休息过来，那就会重新有一双驯顺听话的眼睛，会有一颗平静的心，太阳穴也不会再阵阵疼痛。但是届时这个夏天已经消逝，这个无比斑斓的夏日梦境，他还有千杯美酒未曾与它共享，千种风光没有观赏，千幅永不再来的美景没有亲见，却已消失了！

他把额头和疼痛的眼睛贴到冰凉的铁栏杆上，总算让他精神清爽了一会儿。一年之内，或者更早些日子，这双眼睛会瞎，燃烧他内心的火焰也会熄灭。是的，没有一个人能够长久承受这种熊熊燃烧般的生活，克林索尔也不能，有十条命也不能。没有人能够很长时间夜以继日地竭尽全力，像火山般不断喷发，除非时间短暂，没有人能够几天几夜处于激奋状态，每一个白天疯狂工作许多钟点，每一个黑夜疯狂思考许多钟点，持续不断地汲取，持续不断地创造，持续不断地让自己的每一根神经都像一座宫殿似的永远亮着灯、永远监视着，而在这所宫殿的所有窗户后面天天都鸣响着乐声，夜夜都闪烁着千万支烛光。如今终于就要走到尽头，已经浪费了许多精力，已经损耗了不少视力，已经虚掷了大量生命。

他突然笑出声来，伸直了身子。他想起自己以往常常有这种感觉，这种思想以及这种恐惧感。在他一生中所有富于成果和激情的美好时期里，包括他的青春年代，他都有过这样的体验，自己像是一根两头点燃的蜡烛，时而欢呼雀跃，时而呜咽啜泣，迅速消耗着感情，又怀着满腹疑窦，吞饮下整杯的美酒，对即将来临的结局暗地里怀着恐惧。他已体验过许多回，饮干过许多杯，燃烧过许多次。偶尔也曾有过轻柔温和的结局，好像经历了一场无意识的深沉冬眠。偶尔也曾有过极恐怖的结局，无意义的愤怒，无来由的疼痛，于是接受治疗，无奈地放弃什么，最终是软弱无力获得了胜利。当然，一次又一次地总是在灿烂之后紧跟着糟糕，悲伤，毁灭。但是这一切也总是熬了过去，几个星期或者几个月后，复活随着痛苦或者迷茫之后降临，诞生了新的热情，燃烧起新的隐蔽的火焰，写出了新的激情著作，陶醉于新的灿烂生活气息。事情就是这样，痛苦和失望的时期，悲惨的间歇时期，都已忘却了，消失不见了。这样很好。消失了，难道一切不都是常常消逝不见的吗。

他微微含笑地想着吉娜，今天晚上他结识了她，整个返家途中脑海里尽是她的温柔倩影。在那怯生生还缺乏经验的热情中，这位姑娘多么美丽，多么体贴人！他游戏似的柔声说起话来，好像又在她耳边轻声细语："吉娜！吉娜！卡拉·吉娜！卡林娜·吉娜！贝拉·吉娜！"

他回进自己的房间，重新开亮了灯，从杂乱的书堆里抽出一本红封皮的诗集。有一首诗曾令他万分欣喜，其中的一段诗句曾让他觉得说不出的美丽可爱。他久久寻找着，直至找到它。

> 不要把我抛弃在黑夜，
> 别让我痛苦，我的月亮脸！
> 啊，我的荧火，我的烛光，
> 你是我的太阳，我的光明！

他深深品味啜饮着这些词语酿造的深色美酒。多么美，多么真挚，充满了魅力：啊，你是我的荧火！还有：你是我的月亮脸！

他微笑着在高高的窗户前踱来踱去，念着诗句，呼喊着远方的吉娜："啊，你是我的月亮脸！"他的声音由于充满柔情而变得低沉。

接着他打开画来，整个白天连同傍晚他始终带着这本夹子。他打开了素描本，这是他最心爱的小本子，翻阅着最后几页，全是昨天和今天的作品。这幅是圆锥形山峰及其黝黑峭壁的阴影。他曾从极近处仿制下它那怪诞的容貌，山似乎在喊叫，由于疼痛而裂开了。那幅是一口小小的石井，半圆地砌在山坡上，弧状矮墙下有一圈黑色阴影，一棵茂盛的石榴树正在井台上吐着红艳。画上的一切唯有他自己读得懂，唯有他认识这些神秘的符号，那是急匆匆记录下的渴望瞬间，那是倏忽而逝地对某一瞬间的回忆，自然与心灵在那一瞬间获得了全新的交汇互融。现在他开始翻阅那些较大的彩色素描，白色纸张上满是水粉颜料的明亮彩色斑块：木结构的红色别墅好似一颗红宝石嵌在绿锦缎上闪出烈火般的光芒，卡斯梯格利亚铁桥的鲜红反衬出山峦的青翠欲滴，旁边是浅紫色水堤和玫瑰色街道。下一幅画是砖瓦厂的高大烟囱，好像清凉碧绿树林前的一枚红色火箭，蓝色的指路牌；亮晶晶紫罗兰色的天空上，浓云好似在翻滚转动。这些画不错，应当保留着。而这幅马厩图却令人遗憾，沉凝的蓝天用棕红色很正确，也符合情调，但是画还没有全部完工，太阳直照着画纸，使他双眼剧痛。后来他不得不在山泉里洗了半天脸。是的，坚毅冷峻蓝色前的棕红色是画出来了，很不错，这可不是小小的色彩调和，这是他为了避免哪怕是最微小的失真或者失败而努力求得的。人们倘若不用卡普特红颜料也许还不会获得这般好效果。在这个领域存在着神秘性，大自然的种种形态，上与下，厚与薄都可以任意移动，人们可以为此放弃一切老实模仿自然的较狭隘的手法。就连色彩也能够加以伪造，真的，人们可以用上百种方法将其加强，使其黯淡或者转换。但是如果想用色彩来重新绘出一部分大自然，这就涉及在用色时得毫发无差地把握住诸种色彩在自然本身中的同样关系以及相互间的同样张力。在这里，一切都取决于个人，在这里，只是用橘黄替代铁灰，用茜红取代黑色仍然只可算自然主义者。

　　是啊，又虚度了一天，收获极少。这幅工厂高烟囱上的紫红色与另一幅画，也许就是水井素描的色彩，似乎十分协调。倘若明天天色阴霾，他就去卡拉宾那，那里有一幅洗衣妇女图。如果又下起雨来，那么他就留在家里着手把山泉风光改制成油画。现在赶紧上床！一小时又飞快过去了。

他走进卧室一把扯下衬衫，把水倒向双肩，听任水流噼噼啪啪地打在红石板地上，随即一下子蹦入高高的床铺上，熄了灯。透过窗户，苍白的萨罗特山正朝里探望，克林索尔在床上观察它的形状已有上千次了。从山谷深处传出一只猫头鹰的鸣叫声，深沉而空洞的声音使他觉得好似在做梦，又好似是自己的幻觉。

他闭上眼睛，想着吉娜，想着洗衣妇女图。老天爷，成千件事物在等他去画，成千杯酒都已斟满了啊！这片大地上没有不值得他去描绘的东西！这个世界上也没有不值得他去爱的妇女！为什么存在时间？为什么总是仅仅存在这种愚蠢的先后次序，而没有那种汹涌澎湃而至的同时并存呢？为什么现在又是他一个人孤零零地躺在床上，像一个鳏夫，一个老人呢？

人们能够在自己短暂的一生里尽情享受，尽情创造，但是永远只能够唱完一曲再唱一曲，却无法同时用成百种声音与乐器奏响出一首圆满完整的交响乐。

很久以前，他，十二岁的克林索尔曾经有过十条命。男孩子们玩官兵捉强盗游戏时，每个强盗都有十条命，当他被捕捉者的手碰到或者被长矛刺中时，他就算丢了一条命。还剩六条、三条，甚至一条命时，这个强盗还可以死里逃生继续游戏，直到丢了第十条命才彻底完蛋。而他，克林索尔引以为豪的是他从未在那种游戏里丢失过十条命，令他觉得羞辱的是曾经丢过九条和七条命。这就是他的孩提时光，那是一个令人难以置信的年代，那时他眼里的世界没有难题，没有办不到的事情，克林索尔爱世上的一切，克林索尔统率世上的一切，世上的一切都属于克林索尔。他就这么忙碌着，经历着十条命的生涯。即或他从未感觉满足，从未热情澎湃地奏响一首完整的交响乐——然而他的歌曲却也从不单调和贫乏，他总比其他人的演奏多出几根弦，在火上多锻几块铁，在钱袋里多搁几块银币，在车前多套几匹骏马！感谢上帝吧！

黝黑寂静的花园所发出的声息多么丰富而生气蓬勃，就像一个酣睡妇女的呼吸，孔雀的鸣声多么惊人！好似胸膛里燃烧着火焰，好似心里擂着鼓，不得不鸣叫、狂喊、欢呼和流血。在这里，在卡斯塔格纳特山上度夏是十分美好的，他舒适地居住在这古老高贵的城堡遗址里，他心情舒畅地俯视着千百棵栗树毛茸茸的背脊，他也不时兴高采烈地离开自己古老高贵的栗树林和城堡世界，满怀渴望地向山下走去，想仔细端详一下下面各种色彩斑斓的玩意儿，再绘制出它们各自闪耀着的可爱之处：工厂，铁路，蓝色的有轨小火车，码头上的广告柱子，趾高气扬走来走去的孔雀，妇女，传教士，还有汽车。然而他胸膛里的感觉又是多么美，多么痛苦和多么难解，这些对于某种彩色缤纷生活片段碎块的热爱与闪烁不定的渴望，这些对于观察与创造的狂热而甜蜜的冲动。然而，虽然还蒙着一层轻纱，他还是立即感到自己所作所为既孩子气又徒劳无益！

短促的夏夜在热望之中消融了，从翠绿山谷深处，从十万棵树木之间蒸腾起水汽，十万棵树溢出了汁水，在克林索尔浅浅的梦乡里涌现出十万场梦境，他的灵魂穿越着自己一生的镜子大厅，一切画面都有上千种变化，每一次都以新的面貌与新的意义互相遭逢，又产生新的联系，就像在色子盘里摇出了变幻无常的星空。

许多梦境中有一场梦最令他兴奋，并震撼了他：他躺在一片树林里，怀里搂着一位红发妇女，另一位黑发妇女躺在他肩上，还有一位则跪在他身边，握着他的手亲吻他的指头，他周围到处都是妇女和姑娘，有些还仅是双腿细长的孩子，有些则已鲜花怒放，有些具有知识丰富的成熟模样，在她们微颤的脸上倦容毕露，所有的女人都爱他，所有的人也都愿为他所爱。突然在妇女们之间爆发了战争与怒火，红发的一把扯住黑发的头发，要把她摔到地上，结果自己却先摔倒了；所有的妇女都厮打在一起，人人都在喊叫，在厮打，在咬啮，人人都在弄痛别人，也让自己忍受疼痛，冷笑声、怒喊声、痛苦的嚎叫声纠结缠绕在一起，手指抓破了皮肉，到处都流淌着鲜血。

压抑和沉痛之情使克林索尔一下子从梦中惊醒了，他睁大眼睛呆呆地瞪视着墙上一个光秃秃的窟窿。那些狂躁的妇女的脸还浮现在他眼前，他认识其中许多人，还叫得出她们的名字：尼娜，海尔明纳，伊丽莎白，吉娜，艾迪特，贝尔塔。他声音沙哑地向梦中人喊出自己的衷心话："孩子们，住手吧！你们欺骗了我。你们必须撕碎的人是我，而不是你们大家！"

路易斯

　　路易斯[1]仿佛从天而降，突然光临了。他是克林索尔的老朋友，一个旅行者，一个行踪不定的人，火车是他的家，背囊是他的工作室。他好似一阵清风驱散了连日的阴霾。他们一起作画，在奥尔贝格山，也在卡尔泰戈。

　　"难道绘画这门行当真有什么价值？"路易斯说，当时他赤裸裸躺在奥尔贝格山的草坡上，阳光已经晒红了他的背脊，"我的朋友，我们绘画仅仅 faute de

----

1　路易斯原型为画家路易斯·莫里（1880—1962），黑塞的好友。

16

mieux¹。倘若总有自己中意的姑娘为伴，每天都有适合自己口味的饮食，想必你也不会辛辛苦苦去制造这类毫无意义的玩意儿。大自然有十万种颜色，但是往我们脑子里灌输的比色图表简化成了二十种，这就是绘画艺术。我们永远也不会觉得满意，然而我们还必须养活那些批评家。与此相反，来一份马赛鱼羹，一小杯微温的勃艮第酒，再来一份梅兰特煎肉片，饭后又有鲜梨和高尔岗左拉乳酪，再加土耳其咖啡——这才是真正的现实，先生，这才是价值所在！这里人吃的巴勒斯坦饮食简直糟透了！唉，上帝，但愿我此刻正躺在樱桃树下，成熟的果实自动落进我的嘴里，我抬眼看见一个褐色皮肤的活泼姑娘站在梯子上，正是我今早遇见的那位。克林索尔，别画了！我请你到拉古诺去美餐一顿，时间不多了。"

"真的?"克林索尔眨巴着眼睛问。

"当然是真的。不过我还得先到火车站去一次。老实告诉你吧，我打电报邀请了一位女士，说我活不

---

1 法语，意谓："由于没有更好的工作"。

下去了，她可能八点到达。"

克林索尔笑着从画架上取下尚未完工的画纸。

"你说得对，年轻人。我们去拉古诺！穿上衬衫吧，路易斯，这里的风俗倒不算太古板，但是你总不能光着身子上街去。"

他们进了城，到了车站，那位漂亮妇女已经抵达。他们在饭店里吃了一顿美餐，克林索尔在乡村待了几个月后几乎忘了这些美味，原来一切仍然存在，这些令人愉快的可爱东西：鳟鱼、熏火腿、芦笋、查布理酒、华里塞酒、贝尼狄克酒。

饭后，他们三人乘缆车凌空飞越这座陡直向上的高山小城，穿过了一幢幢住房，从一扇扇窗户和一座座悬空的小花园旁飞过，真是美极了。他们坐在缆车里，随着地势一会儿向下，一会儿又向上。高山风光委实美得出奇，色彩斑斓得令人生疑，似乎简直不可能是真的，然而确实美妙惊人。克林索尔有些拘谨，他装出冷淡模样，不想让自己迷上路易斯的美丽女友。他们再度去咖啡店坐了一会儿，中午时分走进空荡荡的公园里，在湖畔的大树下躺下休息。他们看见了无数值得一画的好题材：一幢幢小楼像是衬着浓绿垫的红宝石，细长的树和蓬松的树时而蓝色时而黄色。

"你画的都是可爱有趣的东西，路易斯，"克林索尔说，"全都是我喜欢的东西：旗杆，小丑，还有竞技场。但是我最喜欢的还是那幅旋转木马夜景图。夜色苍茫下，在紫色帐篷上方，在远离一切灯光的地方，飘舞着那面冰冷的小旗，闪出浅浅的粉红色，美丽、冷淡、孤独，孤独得可怕！它像是李白或者保尔·凡尔拉尼的一首诗。世界上一切悲伤和舍弃连同对悲伤和舍弃的一切善意嘲笑，全都在这面沉默无语的粉红小旗里表现出来了。你画出了这面小旗便可算不虚此生。小旗是你最好的作品。"

"是的，我知道你喜欢这幅画。"

"你自己也是喜欢的。你瞧，倘若你没有画过这类好作品，那么不论是佳肴、美酒，还是女人和咖啡，都于你无益，你不过是个可怜的坏蛋。如今你画出了这些作品，你便成了一个富足的坏蛋，是一个受人喜爱的人物。你瞧，路易斯，我常常和你不谋而合，我们都认为整个艺术事业仅仅是一种补偿，一种需要辛辛苦苦付出十倍代价来买回的补偿，——买回已失去的生命、兽性和爱欲。但是事实却并非如此。事实完全是另一种情况。倘若人们把精神心灵仅仅看成是自己已耽误肉欲享受的补偿，那么人们也就过分高估感官享受了。感官的价值并不比精神重一根毫毛的价值，反过来也同样。两者实为合二而一，万事万物无不同样美好。无论你去拥抱一位妇女，还是去写一首诗，效果都是一样的。只要在基本点上一致——爱、渴望、富于激情，那么不论你是阿托斯山上的修士，还是巴黎闹市里的一个俗人，全都无关紧要。"

路易斯慢慢把目光转向对方，眼里露出嘲弄的神色，说道："你太美化我了！"

他们和那位美丽妇女一起漫游了附近地带。他们两人都善于欣赏，这是他们的专长。他们在这一带的若干小镇和村庄风光中看见了罗马、日本和南海，又用嬉戏的手指抹掉了这些幻景。他们的兴致点燃了天上的星星，又让它们重新熄灭。他们射出信号弹，穿透了黑沉沉的夜空。世界是肥皂泡，是一场歌剧，是愉快地瞎折腾。

克林索尔一心作画时，路易斯骑着自行车像鸟儿般在山区飞来飞去。克林索尔已荒废了许多日子，便强制自己坐在外面专心工作。路易斯却不想工作。他带着女朋友突然离开了，从远方寄来了一张明信片。当克林索尔已经忘记他时，他又突然出现了，头上戴着草帽，衬衫敞开着站在门边，似乎他从未离开过这里。克林索尔便又一次从他生气勃勃的青春之杯里汲饮着最甜美的友谊甘露。克林索尔有许多朋友，许多人喜欢他，他也回报了许多人，向他们敞开赤诚之心，不过这个夏天只有两个朋友听到他亲口吐露的内心呼声，画家路易斯和诗人赫尔曼，又称"杜甫"。

路易斯有几天整日坐在田野里，在李树树荫下，在桃树树荫下，只是呆坐在画凳上，没有作画。他坐着，思考着，把纸张固定在画板上，便写啊，写啊，写了无数的信。写这么多信的人会是幸福的人吗？路易斯，一个向来无忧无虑的人，居然写得如此专心，整整一个小时，他的眼光没有离开纸张。他的内心在

21

翻腾波动。克林索尔就喜欢他这一点。

克林索尔和他不同。他不能够缄默不语。他不会把话藏在心里。对自己生命中的隐秘痛苦，他会向亲密的人倾诉。他常常遭受恐惧、忧虑的煎熬，常常陷于黑暗的深井，偶尔，早年生活中的阴影会袭击他，使他的日子黯淡无光。因而看看路易斯的脸容，便让他觉得好受了些。因而他也偶尔向对方诉说诉说。

路易斯却不乐意看见这些弱点。因为它们令他痛苦，令他不忍。而克林索尔已习惯于向他倾吐心声。后来才知道这样做恰恰会失去朋友，但已为时太晚了。

路易斯又提起离开的事。克林索尔知道顶多再能留他几天，也许三天，也许五天，然后他就会突然收拾行李离去，要过很久才会再来。生命多么短暂，一切都无法唤回！路易斯是唯一完全了解自己艺术的朋友，因为两人的艺术相近也相等。他却吓着了这个唯一的知心人，伤害了他们间的友情，使路易斯心灰意冷，只因自己愚蠢地令人不快，只因如此幼稚而不恰当地硬要朋友分担自己的需要，竟然毫无遮掩地表露了自己的全部弱点。多么愚蠢，多么幼稚啊！克林索尔不断责备自己，可惜太晚了。

最后一天两人同游阳光普照的金色山谷。路易斯兴致很高，离别对他的候鸟性情来说，恰恰是一种生命乐趣。克林索尔受到了他的感染，他们便重新找到了以往的轻松揶揄快活心情，这回是真正把握住了。晚上他们在饭店的花园里用餐，为他们准备了鱼、蘑菇和米饭，斟上了樱桃酒。

"你明天去哪里？"克林索尔问。

"不知道。"

"去看那位漂亮女士吗？"

"也许吧。我也说不好。别问那么多了，我们最后再喝点酒吧。我还想要些瑙伯格尔干酪。"

他们喝着酒，路易斯忽然大声说道："我离开是件好事，老朋友。有时候，当我坐在你旁边，譬如就是现在吧，我会突发一些怪想。我会想，此时此刻我们亲爱的国家所拥有的两个令人骄傲的画家正坐在一起，我的膝头就会有可怕的感觉，仿佛我们两人成了手拉手并立着的铜像，就像歌德和席勒。不过他们被罚永远站在那里，互相拉着铜手，逐渐日益令人生厌，归根结底不是他们自己的过错。也许他们原本都是可敬可爱的人物，许多年前我曾读过席勒的一部剧本，写得极好。然而他仍然得到如此下场，因为他是一个名人，不得不和自己的孪生兄弟一起站着，一对铜像，眼睁睁瞧着自己的全部作品到处乱放着，听到人们在学校里对它们作着肆意解释和批评。这太可怕了。你不难想象一百年后一位教授如何向学生们传教：克林索尔，一八七七年出生，他的同时代人路易斯，诨名老饕，均为绘画艺术革新家，推翻了自然主义的用色理论，再进一步研究这一对艺术家，便可发现三个迥然有别的创作时期！我宁肯现在立刻就去死在火车轮下。"

"也许应当让那些教授被压死才对。"

"没有这么大的火车头。我们的工业技术规模还小得很呢。"

星星已经升上了天空，路易斯突然举杯向自己的朋友祝酒。

"来吧，让我们喝干这杯酒。然后我就骑车走了。但愿不要离别太久！账已付清。克林索尔，祝你快乐！"

他们互相碰了杯，喝干了酒，在花园里，路易斯骑上自行车，挥挥帽子离开了。夜空里星星闪烁。路易斯已经到了中国。路易斯成了一个传奇人物。

克林索尔感伤地微笑着。他多么爱这只候鸟啊！他久久伫立在酒店花园的碎石地上，眼睛凝视着空荡荡的街道。

卡勒诺的一天

　　克林索尔和巴兰戈来的几位朋友，还有阿格斯多以及艾茜丽亚一起步行去卡勒诺游玩。他们一清早就往山下走，走过树林边缘散逸出浓烈香味的绣线菊和缀满露珠微微颤动的蜘蛛网，他们穿过这片陡峭温暖的树林后便抵达了帕帕皮奥的山谷，黄色道路旁，一幢幢闪光的房屋仿佛都处在昏迷状态，它们往前倾斜着，似乎已经奄奄一息。干涸的河床边，白铁皮色的柳树向黄色草地垂下了沉重的枝条。这群色彩缤纷的人漫步穿过浅红的山道，又越过雾气弥漫的翠绿山谷。男人们穿着白色或黄色的亚麻或丝绸服装，女人们则是白色和粉红色。艾茜丽亚的漂亮的绿色遮阳伞像一枚魔术戒指上的宝石般晶光闪闪。

医生和蔼地对克林索尔叹息着说："多么令人惋惜，十年后，你那些美妙惊人的水彩画都会褪色变白。你所钟爱的色彩全都不能持久。"

"是的，"克林索尔说道，"还有更糟的呢。医生，十年后你的一头美丽棕发也会变白，再过一阵子，我们浑身的快乐骨头也会躺在某处地下的洞穴里，是啊，也包括你那一身漂亮骨头，艾茜丽亚。朋友们，我们得尽早合情合理地把握生活。赫尔曼，李太白是怎么说的？"

诗人赫尔曼站定了，朗诵了一段诗：

生命匆匆消逝有如闪电，
光华乍露便难觅踪影。
但见天空大地常驻不变，
人的容颜匆匆随时流逝。
噢，斟满酒杯因何不饮，
你还在等待谁人光临？

"不是的，"克林索尔说，"我指的是另一首诗，押韵的，写早晨起来头发还很黑的……"

赫尔曼不等他说完便吟出了诗句：

> 今晨你的头发还乌亮似黑绸，
>
> 夜晚时便已像白雪覆盖，
>
> 谁若不愿活生生被折磨至死，
>
> 请举起酒杯邀明月共饮！

克林索尔快活地笑了，声音略略有点沙哑。

"好极了，这个李白！他真有想象力，什么都知道。我们也知道一切——他是我们聪明的老兄弟。今天这种令人陶醉的日子，他一定很喜欢，他就是在今天这样日子的美丽傍晚死的，在一条静静河流的小船上。你们将会看到，今天一切事情都会很美好。"

"李太白怎么死的，为什么在河上逝世？"女画家问。

但是艾茜丽亚用她低沉可爱的声音打断了话头。"不要说了！谁再说死或者逝世这样的字眼，我就不再理他。喂，菲尼斯加，克林索尔！"

克林索尔笑着走近她，"你说得对，好孩子！如果我再说一个死字，你可以用阳伞刺我的双眼。不过说真的，今天真是个好日子，朋友们！今天有一只童话故事里的鸟儿在歌唱，我在今天清早就听过一回了。今天还吹着童话故事里的好风，上天派来一个仙童用风儿唤醒了沉睡的公主，也吹醒了人们的明智理性。今天还盛开了一朵童话故事里的鲜花，一朵蓝色的花，它一生只开一次，谁来摘到手，谁就能获得极大的快乐。"

"他这番话有什么含义吗？"艾茜丽亚问医生，让克林索尔听见了。

"我的意思就是说：这一天永远不会再来了，谁若不去咀嚼它，汲饮它，品尝它和嗅闻它，他这一生就不会有第二次机会了。永远不会再有今天的太阳，它联系着天空中的一切星座，联系着主神朱庇特、我、阿格斯多、艾茜丽亚以及我们大家，今天去了就不会再回来，一千年也不会。因而我要为了幸福在你左边走一会儿，还要替你举着这把翠绿阳伞，我的头在绿光下会像一颗猫眼石。你也必须和我互相配合，唱一首歌吧，你最爱唱的一首歌。"

他握住艾茜丽亚的胳膊，在阳伞的翠绿色阴影下，他那轮廓分明的脸被渲染得柔和起来。他已迷上了那鲜亮的色彩。

艾茜丽亚开始唱歌：

> 我的爸爸不应允，
>
> 他让我嫁给一个军人——

大家跟着她一起唱，边唱边走向森林，走进森林，直到山坡实在太陡才停止唱。小路像一架梯子在遍布蕨类植物的大山上陡直向上延伸着。

"这支歌真够惊人的！"克林索尔赞叹道，"爸爸反对这对恋人，他总是这样。他们拿起一把锋利的刀，杀死了爸爸。他离开了人世。这件事发生在黑夜，没有人看见，除了月亮、星星和上帝，但是月亮不会揭露他们，星星沉默无语，而亲爱的上帝也将宽恕他们。写得多美多坦诚啊！一个当代诗人还想这么写，那可就要被人用石块砸死了。"

他们在阳光闪烁的栗树阴影下攀登着狭窄的山径。克林索尔往上看，只见女画家裹着透明粉红丝袜的小腿正对着自己的脸庞，往下看，但见绿色阳伞穹形下隐现着艾茜丽亚黑色鬈发。她那身丝质服装在伞下变成了深紫色。

在一幢蓝色和橘黄色的农舍附近，青绿色的苹果掉落在草地上，他们尝了尝，全都又硬又酸。女画家向他们叙述了战前的一次如痴如醉的旅行，在塞纳河上，在巴黎。是啊，在巴黎，当年的日子多么快乐！

"不会再有这种日子了。永远不会。"

"也不应该再有了，"克林索尔激动地喊叫说，猛烈摇晃着自己雀鹰般的尖脑袋，"什么东西都不应该再回来！为什么要回来？那都是幼稚的愿望！战争把一切以往的事情都抹上了一重天堂般的光彩，包括那些最愚蠢、最多余的往事。是的，当年在巴黎过得很美，在罗马很美，在阿耳勒斯也很美。但是，今天在这里难道不美吗？天堂并不在巴黎，并不在当年的太平日子，天堂正在这里呢，正静息在上边的山头上，我们再走一个钟点就可以抵达天堂中心了，成为与基督同时钉上十字架的罪犯，他会对我们说：今天你我同在天堂。"

他们已经走出树影斑驳的林间小道，进入了宽阔的车行道，明亮而烫脚的道路螺旋形伸向山顶。克林索尔戴着深绿墨镜走在队伍最后，以便细细观赏这一小群色彩缤纷的人形的背影。他没有携带任何画具，连最小的写生本也没有。然而他依然被周围的景色所激动，驻足而立至少一百次。他那瘦削的白色身影衬着红色碎石路面站在槐树林边，显得孤独寂寞。夏日烤热了山头，阳光笔直地射向山下，山谷深处蒸腾起一百种颜色的雾气。眺望邻近的山峦，白色的村庄掩映在绿色和红色之间，衬着蓝色的山脊，一座山峰接着一座山峰，越往远处，山峰就越明亮而湛蓝，最远处是层层叠叠积雪的山峰的水晶般的尖顶。越过刺槐和栗树林望去，沙洛特山的巨大崖壁和驼峰状的顶端呈现出一派浅红和淡紫色。但是这群人却比一切更为美丽，他们在翠绿的衬托下，在阳光中好似一朵朵花儿，艾茜丽亚的绿伞像一只巨大的金龟子闪闪发光，伞下是美丽的黑色鬈发，身材苗条的女画家一身白衣，脸色绯红，其他人也同样脸容鲜艳。克林索尔贪婪地汲饮着他们的秀色，思绪却飞到了吉娜身边。再过一个星期，他才能再见到她，她此刻正坐在办公室里打字呢，他难得有机会看见她，还从未单独相处过。他爱她，但是她恰恰对他一无所知，不了解他，在她眼中，他不过是一只奇怪而罕见的鸟儿，一个陌生的著名画家而已。令人难以置信的是他居然只渴念她一人，不再想喝别人的爱情之酒。这不是他一贯的态度，他从不只爱一个女人。他总是只想在她身边待一个小时，为了握一握她那纤细的手指，让双脚挨近她的鞋子，在她的颈上印下轻轻一吻。克林索尔沉思不语，对自己的滑稽痴情大惑不解。难道他已届老年，已到转折关头？难道这是四十岁中年男子对二十芳龄女子的迟到的感情冲动？

他们已爬上山顶，眼前是全新的世界景象：高高的盖那罗山令人眩晕，有的山峰笔直耸立呈角锥形，有的则是圆锥状。太阳已向下倾斜，每一座山头都沐着深紫色的阴影闪出珐琅似的光彩。从对面山头到他们之间，空间闪闪烁烁，晶晶亮亮。一道狭长的蓝色湖泊支流伸向一大片绿色火焰般的树林后面，消失在望不见的深处。

山顶上有座小村庄：一幢体面的附带几座小住宅的贵族府邸，还有四五幢其他房子，全都是石块砌造，刷着蓝色和红色，还有一座教堂，一口喷泉，几株樱桃树。这一小群人顶着烈日在泉水井台边略事休憩，克林索尔却继续向前走，穿过一座拱形门廊进入了一个阴凉的庄园，园里高高耸立着三幢蓝色的小楼，窗户很少，也很小，遍地是杂草和碎石，有一头山羊，还长着些荨麻。一个小女孩跑到他身前，他从口袋里掏出巧克力，哄她回来。小姑娘站停了，他抓住她，抚摩着她的脑袋，把巧克力放进她嘴里。这是个小小的黑皮肤姑娘，乌黑的眼睛，像受了惊的小动物，纤细的赤裸着的褐色双腿光滑洁净，她那怯生生的模样令人疼爱。他问："住在哪里？"她跑向最近那座高高小楼的门边。从那原始时期洞穴般的阴暗石室里走出一位妇女，她是女孩的母亲，她也接受了馈赠的巧克力。她有一张宽大的脸，肮脏的衣服里伸出了棕色的颈项，那是一种健康的棕色。她眼睛很大，嘴唇丰满，洋溢出原始的甜美、性感和成熟的母性，充满了亚洲人的特征。他情不自禁地向她靠近，她微笑着避开了，把女孩拉到了中间。他只得走开了，但决心还要回来。他想画这位妇女，或者成为她的情人，即使只给他一个钟点。她就是一切：母亲，孩子，情人，宠物，圣母。

他慢慢走回同伴中，仍然满怀情思。这座庄园的墙上弹痕累累，整幢房子空荡荡的，合上了锁，有一道特别的台阶穿过灌木丛通向一片树林和一座小山，山头上孤零零立着一座巴洛克风格的华伦斯坦半身像，满头鬈发，波浪形的尖胡子。这时正当中午时分，炽烈的阳光下满山闪烁着幽灵似的鬼火，到处都像出现了奇迹，整个世界都像变了样，变得遥远了。克林索尔喝着泉水，一只燕尾蝶飞近他身边，停在石灰岩井栏边缘吮吸溅在石上的水滴。

这条山路顺着山脊向前延伸，两边有栗树和胡桃树，沿路树影斑驳。山路拐弯处有座小教堂，破旧而灰黄，壁龛里的图画业已褪色，依稀可辨认出一个圣女的头部，表情甜蜜而圣洁，还可看出一部分红色的棕色的衣服，其余的就完全破碎难辨了。克林索尔特别喜欢旧图画，尤其是这类不期而遇的湿壁画，他喜欢美丽的作品重新回归大地和尘世间。

他们不断沿着树林、葡萄藤走在阳光耀眼的炽热山道上，又转了一个弯，忽然，出乎意料地，他们的目标出现在眼前。一条暗沉沉的走廊，一座红砖砌成的大教堂，生气勃勃地高高耸向蓝天，一片阳光普照的广场，平静躺卧在尘埃之中，红色的枯草，在人的脚下沙沙断裂，直射的阳光在鲜艳的墙上折射出夺目的光芒，还有一根柱子，上面塑造着人像，却在灼人光线下难以看清，广场四周围着石栏杆。下面便是卡勒诺村，古老，狭窄，阴暗，好像是阿拉伯世界。褪色的红褐砖石下是忧郁的洞穴，狭窄的小巷黑黝黝像梦中所见，还有几片小空地突然闪现白晃晃的亮光，好似出现了非洲和长崎。在蓝天下，在树林上，悬着大块厚重的白云。

"真是有趣，"克林索尔说，"花了那么多时间，才算认识了世界只有一点点大！几年前我去过亚洲，我坐快车在夜里经过这儿，距离大概六公里或者十公里，但对这儿的情形一无所知。我远行亚洲，当年确有不得不去的原因。然而今天我发现，那时我在亚洲所见，这里也全都拥有：原始森林、酷热、美丽而不神经质的外国人、阳光、宗教圣迹。人们需要长时间学习，直到学会在一天之内游历地球上三个国家。我们今天做到了。欢迎你，印度！欢迎你，非洲！欢迎你，日本！”

朋友们认识居住在山上的一位年轻女士，克林索尔很乐意结识这位久仰其名的妇女。他称她为“高山女王”，那是他小时候所读一篇东方神秘小说里的名字。

这群人满怀期待地走过蓝色阴影中的狭窄小巷，没有人，没有声音，也没有一只鸡一条狗。但是在一扇半明半暗的窗口里，克林索尔看见了一个静静站立的人影，一个美丽的少女，黑眼睛，乌黑的头发上扎着红头巾。她用目光审视着陌生人，遇见了他的目光，四目交投足有一次长呼吸之久，男人和女人，两个陌生的世界在一个短暂的瞬间互相交融了。接着两人都短促地微微一笑，互致了两性间衷心的永恒问候，也互致了古老而甜蜜的强烈敌意。只要陌生人绕过屋角走开一步，便会被保存在姑娘的胸中，成为无数图画中的一幅，无数梦幻中的一梦。克林索尔永远渴望着的心被这根小刺刺疼了，他犹豫不定，瞬间想转身回去，阿格斯多叫住了他，艾茜丽亚开始唱歌，投下蓝色阴影的墙头消失了，只见面前有两座黄色宫殿静静坐落在一个好似被正午阳光施了魔法的亮晶晶庭院里，石砌的小阳台，百叶窗都关闭着，真像一部歌剧第一幕的辉煌舞台场景。

"大马士革到了！"医生喊道，"法蒂玛住在哪里，这位妇女的珍珠在哪里？"

回答声出人意料地来自另一座较小的宫殿。从半开的阳台门后凉爽黑暗处响起一种奇怪的声音，接着又是另一种声音，重复了十次，随后又响起了一架大翼琴的八度音，也重复了十次，肯定是一架大马士革中部出产的较好的大钢琴。

她必定就住在这里。但是整幢房子似乎没有大门，只有悦目的黄墙和两座阳台，高耸的三角墙上有一幅画，画着蓝色和红色的花朵，还有一只鹦鹉。这里必定要有一道绘画的门，人们敲三下，念一句所罗门王的咒语，大门就敞开了，流浪者就会受到热烈欢迎，披面纱戴皇冠的女王踞坐高位，周围香气扑鼻，一群女奴依次蹲在她脚边，画上的鹦鹉飞上了主子肩头尖声鸣叫。

他们却只在侧巷找到一扇极小的门。有一只巨大铃铛，真见鬼，响得多可怕，接着是一道陡直的楼梯，简直像一架直放的梯子。难以想象一架大翼琴搬进屋里的情景，从窗口进去，抑或从屋顶？

一只巨大的黑狗冲过来，后面跟着一只黄毛狮子狗，人们攀登时楼梯发出吓人的吱嘎声，传出大钢琴重复十一遍弹奏同一调子的乐音。一间粉刷成浅红色的房间洋溢着柔和的光线，门却砰地关闭了。那里是一只鹦鹉吗？

突然高山女王出现了，像一枝婀娜摇曳的鲜花，挺直而又富有弹性，她一身红色，像一团烈火，她是青春的形象。克林索尔眼睛里其他成百个可爱画像突然完全消失不见，只有这一光彩照人的新形象。他立即明白自己得画她，不是画形体，而是画她的光彩，那种令他激动的诗意，那种微涩的优雅色调：青春，红色，金发，一个亚马孙美女 [1]。他要细细观赏她，一个钟点，也许几个钟点。他要观赏她行走、静坐、微笑，还有跳舞时的姿态，也许还能听她唱歌。这一天多么辉煌，他真是不虚此行。倘若另外再添加什么东西，统统都是多余的馈赠。事情总是这样，美好的经历总会有先兆和预感，不会孤零零地出现，早已有鸟儿飞过他身前，门洞边那个年轻母亲亚洲人的目光，窗户后那个黑发的美丽村姑，直到现在眼前的美女。

刹那间，他起了一个念头："倘若我年轻十岁，倘若时光倒转十年，这个女人就可能获得我，用她的手指拨弄我！现在不行了，你太年轻了，红色的小女王，你配老巫师克林索尔实在太年轻了！克林索尔会赞赏你，会了解你，会画你，会用画笔唱出你的青春，但是他不会向你朝圣，为你架梯子爬墙头，他不会为你杀人，不会在你美丽的小阳台外唱小夜曲。

1　原文 Amazone，典出希腊神话，指亚马孙族女战士，这里形容"女王"修长挺拔。

不，他不会做这些事了，多么遗憾！克林索尔是个老画家，一头老山羊。他不会爱你，他不会像看那个亚洲女人，那个窗户里的黑发少女那般望着你。她们也许并不比你更年轻，但她们永远不会嫌他太老，你却不一样，你，高山的女王，高山的红花，对你而言，他是太老了。克林索尔只馈赠你忙碌工作的一天和痛饮红酒的一夜，作为爱情的代价是不够的。因此最好还是先让我的眼睛看个够，你，苗条的火箭，当你在我心中熄灭之前，知道你的一切。"

他们穿行过几间铺着石板，由无门的拱形门框隔开的房间，进入了一座大厅，高高的门上有几座巴洛克风格的古怪塑像闪闪发亮，四周墙壁上端的带状缘饰上画着海豚、白马和粉红色的小爱神，它们正浮游在一片挤满了人的神话海洋上。大厅里有几把椅子，地上摊着大钢琴上拆下的零件，空荡荡没有任何其他东西。却有两扇诱人的小门通向两个小阳台，阳台下就是阳光灿烂的歌剧广场，正对着从拐角处伸过来的隔壁宫殿的阳台，阳台上也绘有画像，阳光下那位胖胖的红衣主教就像一条浮在水里的金鱼。

大家不再往前走。大厅里摆上了酒席，白葡萄酒是北方出产的罕见名酒，令人顿起怀古之情。钢琴声消失无踪，被拆散的琴默默无语。克林索尔若有所思地凝视着裸露的琴弦，然后轻轻关上琴盖。他的眼睛很痛，但是他的心却鸣响着一支夏日之歌，鸣响着阿拉伯母亲之歌，鸣响着深沉忧郁的卡勒诺美梦之歌。他吟唱着，他和别人碰杯，他高声谈笑，然而他内心的工场仍在不停运转，他的目光总是落在那朵火红的花，那枝红石竹花上，好似水总是环绕着鱼。有一个勤奋的历史学家正端坐在他的头脑里，正严谨精确地记录着形状、节律和动作，就像在铜板上铭刻数字。

空旷的大厅里充满了谈笑声。医生的笑声机智幽默，艾茜丽亚的和蔼深沉，阿格斯多则是有力的男低音，女画家的声音像鸟叫，诗人的谈吐风雅，克林索尔则满嘴笑话，红色的女王微带腼腆地周旋在客人、海豚和白马之间，时而在这里，时而在那里，时而站在琴旁，时而蹲在一张垫子上，用她那不熟练的小手为客人分面包，斟酒。阴凉的大厅里一片欢乐气氛，黑色的蓝色的眼睛闪闪发亮，阳台的高门之外，正午的炫目光线停滞凝固，好似在守卫着厅里的人们。

晶亮的贵重名酒倒进杯里，和简单的冷餐形成美妙的对比，女王身着红衣穿过大厅，晶亮的红光吸引了全体男人全神贯注的晶亮目光。她消失了，又出现了，这次加系了一条绿腰带。她又消失了，又再度出现了，又加系了一条蓝头巾。

他们吃饱了，也疲倦了，便快快活活地出发到森林里去休息，他们躺在草地和苔藓上，阳伞闪着亮光，在太阳炽热的火焰里，草帽下的脸庞通红。高山女王一身艳红躺在绿草上，娇美的颈项好似从火焰中升起，高跟鞋穿在她纤细的脚上也变得生气勃勃。克林索尔待在她身边，审视她，研究她，脑海里充满了她，恰如他孩提时代阅读那本讲述高山女王的魔书时满脑子都是女王一样。他们休息着，有人打盹儿，有人闲聊，有人在和蚂蚁作斗争，有人以为自己听见了蛇的声息，多刺的栗子外壳黏附在女士们的头发上。他们想起了几位不在场的朋友，不约而同地提到了路易斯，克林索尔的好友，擅长描绘旋转木马和游戏场的画家，大家多么想念他的风趣，他那种种古怪的想法。

一个下午却让他们感觉好似在天堂乐园里过了一年。他们在一片嬉笑声中告辞，克林索尔记住了一切：女王，树林，宫殿，画着海豚的大厅，还有两只狗和鹦鹉。

克林索尔在和朋友们一起下山的路上，越来越觉得愉快轻松，这种心情很罕见，唯有当他自愿放弃工作略事休憩的时候才会出现。他拉着艾茜丽亚的手，拉着赫尔曼的手，拉着女画家的手，跳舞似的走在阳光普照的山道上，唱着歌，小孩般和别人开玩笑，妙语连篇，笑着闹着。他飞跑到别人前头，躲藏在一边，然后设法吓唬他们。

他们走得很快，但是太阳走得更快，当他们抵达帕拉察托时，太阳已经沉到山后，山谷里早已暮霭四起。他们迷失方向走过了头。他们又饿又累，不得不放弃原先设想的晚间活动计划：步行穿麦地去巴兰戈，在湖边的乡村酒店吃鲜鱼。

"朋友们，"克林索尔说，踞坐在路边的矮墙上，"我们的计划挺美，在渔村或者在德罗山用一顿精美的晚餐，这正是我的愿望。但是我们走不了那么远，至少我已走不动了。我很累，也很饿了。我再也不想挪动一步，除非只去最近的小饭店，那肯定不远。那里会有酒和面包，这就够了。谁和我一起去呢？"

大家全都去了。他们找到一家小酒店，在陡直的崖壁前有一片狭小的平台，树荫下摆着石桌和石条凳，主人从山洞地窖里取来了冰凉的酒，面包原先就在桌上。大家默默地吃喝着，觉得很快活，因为终于能够坐着用餐。高高的树枝下，日光已完全消失，蓝色的山峦变成了黑色，红土路闪着白光，下面暮色中的山道上传来一辆汽车驶过的声音，应和着狗的吠声；天空中星星开始闪烁，山底下到处亮起了灯火，两者已难以分辨。

克林索尔愉快地坐着，休息着，凝望着夜色，慢慢地吃着黑面包，又静静地饮干了淡青色杯子里的葡萄酒。他吃饱后又兴致勃勃地说着唱着，和着节拍摇晃着身子，开女士们的玩笑，嗅闻她们头发上的香气。克林索尔似乎和酒有缘，他善于劝酒，总能说出再喝一杯的理由，他喝了一杯又一杯，斟了一遍又一遍，瓶子空了就再要一瓶。慢慢地，那些淡青色的杯子里升腾起一种人世短暂的幻想图景，好似施了色彩缤纷的魔术，改变了世界，还给星星和灯光染上了迷人的色彩。

他们高高踞坐在俯临世界和黑暗深渊的摇荡不定的秋千上，他们是金丝笼中的鸟儿，他们没有家乡，没有重负，只和星星相对。他们唱歌，唱着鸟儿的外国歌，他们心醉神迷地对着黑夜，对着天空，对着森林，对着神秘莫测的宇宙浮想联翩，解答来自星星，来自月亮，来自树木和山峦，歌德正坐在那里，还有哈菲斯，酷热而异香扑鼻的埃及和端庄的希腊正在升起，莫扎特在微笑，胡果·沃尔夫正在这令人迷乱的黑夜里演奏着钢琴。

传来一阵可怕的噪声，轰鸣声中亮光闪闪，一辆有着上百扇灯光通明的窗户的火车正笔直地穿过地心驶进山区，驶进黑夜。天空中响起了某座看不见的教堂敲响的钟声。石桌上方期待似的探出了一钩弯月，月亮映在黑色的酒上，反射的光芒照亮了一位昏暗中的女士的嘴和一只眼睛，月亮微笑着继续上升，像在对星星唱歌。路易斯的鬼魂正弯腰坐在石凳上，孤孤单单地写着信。

黑夜之王克林索尔戴着高高的皇冠，背倚着石头的宝座，正在指挥全世界跳舞，他奏打节拍，他召唤月亮，命令火车消逝。这一切全都消失了，如同黄道十二宫消失在天边。高山女王在哪里？树林里奏响的不正是那架大钢琴吗？远处吠叫的不正是那只猜疑人的小狮子狗吗？她不是刚刚戴上一条蓝头巾吗？啊，旧世界，别忧心忡忡！来这里啊，森林！去那边吧，黑色的山峰！保持着节奏吧！星星哟，多么蓝又多么红，正像民歌里所唱的："红红的眼睛，蓝蓝的嘴唇！"

绘画是一件美好的事，是勇敢孩子们玩的可爱游戏。它还具有另外更重要更伟大的作用，它可以指挥星星移动，可以让人们的血液和着节奏运转，可以让世界上的形形色色在你的视网膜内继续发展，可以让夜风和你灵魂的颤动相合拍。滚开吧，黑色的山！化为一堆乌云，飞到波斯去，在乌干达洒下甘霖！降临吧，莎士比亚的英灵，给我们唱醉酒小丑的求雨歌，让天天都有雨吧！

克林索尔亲了一位女士的小手，又倚在另一位女士柔软起伏的胸脯上。桌下有一只脚在逗弄他的脚。他不知道那是谁的脚或者手，他只感到周围一片温馨，只感到重新被人施了往昔的魔法。他还算年轻，离末日还远，他光彩依旧，仍然吸引人，她们也和从前一样爱他，这些惹人烦恼的可爱小妇人仍然看重他。

　　他的热情越来越高涨。他开始用轻柔的、歌唱似的声调讲起了故事，一段伟大的史诗，一则爱情故事，或者是一次真实的南海游记，高更和罗宾逊和他同行，他们发现了鹦鹉岛，又在极乐群岛上建立了自由王国。成千上万只鹦鹉在暮霭中闪光，绿色的海湾里反映着千万条蓝色尾巴，多么壮观啊！当他出现在自由王国时，鹦鹉大声尖叫，应和着几百只大猴子的喊声，雷鸣般的欢迎他的驾临。他，克林索尔，为白色大鹦鹉建造了单独的小屋，他和犀牛鸟共饮盛在沉重椰子壳里的棕榈酒。噢，往日的月亮啊，欢乐之夜的月亮啊，照着芦苇塘上陋屋的月亮啊！她的名字叫柯尔·卡洛爱，褐色皮肤的小公主，婀娜苗条，轻轻移动修长的双腿来到了芭蕉林中，在巨大叶片的湿润屋顶下，皮肤蜂蜜般晶莹透明，眼睛小鹿般温柔，步履轻盈，好似弓背跳跃的猫儿。柯尔·卡洛爱，来自神圣东南方的圣婴，又热情又纯洁，一千个夜晚你依偎在克林索尔的怀抱里，每一夜都是全新的，每一夜都比以往的夜更甜蜜，更温柔。噢，这是土地神的庆典，鹦鹉岛的圣处女正在为神明跳舞呢！

在岛屿王国之上，在罗宾逊和克林索尔之上，在故事和观众之上，高高隆起着泛白的黑夜，在树木、房屋和人们脚下，群山蜿蜒起伏好似缓缓呼吸着的肚子与胸脯。潮湿的月亮狂热地跳着快步舞穿过半球形的穹苍，星星默默地紧紧追随，串起了一道星河，一条通往天堂乐园的缆车道。原始森林黑压压地覆盖大地，漂浮起史前世界的腐烂气息，蛇和鳄鱼到处爬游，一切生灵的激流无拘无束地随意泛滥。

"我毕竟是想绘画的，"克林索尔说，"明天就开始。不过不再画这些树木，房屋和人群。我要改画鳄鱼和海星，龙和蛇，要画一切发展变化中的东西，满怀着成为人的渴望，成为星星的渴望，描绘诞生，描绘衰亡，描绘上帝和死神。"

在他的话声渐轻，几乎成为耳语，在人人都微醉而兴奋时，响起了艾茜丽亚低沉而清朗的歌声，这是一首老歌，歌声安详，灌入了克林索尔的耳朵，让他感觉仿佛来自一个超越了时间和孤独大海的遥远浮动岛屿。他倒转自己的空酒杯，不再斟酒。他倾听：这是一个孩子的歌声，这是一个母亲的歌声。他算什么人呢？一个在尘世泥潭里打滚的迷途者，一个流氓，一个浪子，或者不过是个愚蠢的小孩。

"艾茜丽亚，"他崇敬地说，"你是我们的幸运之星。"

他们穿越黑漆漆的树林往上攀登，在树枝和树根之间摸索前进，终于找到了回家的路。他们抵达了树林边缘，见到了田地，麦田间的狭窄小路散逸出黑夜和回家的气息，麦叶反射着月光，葡萄藤四处蔓延。克林索尔低声唱起了歌，声音有点儿沙哑。他唱的是德国歌和马来西亚歌，有时有词，有时没有词。他轻轻唱着，发泄着内心汹涌的情感，就像一堵棕色的土墙黄昏时分便向外散发白天蓄积的热量。

有一位朋友在这里和大家分手，再走一段后又有一位在那里离开大家，消失在充满葡萄藤蔓的狭窄小道上。一个一个都走了，各自走回自己的家，只剩下他孤独一人。有位女士临行前和克林索尔吻别，滚烫的嘴唇吮吸着他的嘴。他们走开了，消失了，没有人留下。克林索尔孤零零登上自己住处的楼梯时，嘴里还在哼着歌，他唱着赞美上帝和他自己的歌。他也赞美李太白和帕帕皮奥的美酒。他觉得自己像一个神，正憩息在一朵让人仰视的云上。

"我知道，"他唱道，"我像一只黄金球，像大教堂的圆穹顶，人们跪在下面，在祈祷，墙壁闪出金光，古老画像里的救世主在流血，圣母马利亚的心在流血，我们也在流血，我们这些不相干的人，我们这些迷途的人，我们是些星星和彗星，我们圣洁的胸膛上插进了七把剑和十四把剑。我爱你，金发女郎，也爱你，黑发女郎，我爱你们大家，即便你是个地道的市井女子。你们都和我一样是可怜虫，可怜的孩子，都和克林索尔这个醉鬼一样，是不合时宜的半神半人。我向你致敬，可爱的生命！也向你致敬，可爱的死神！"

克林索尔致爱迪特信

亲爱的夏日天空之星：

你给我的信写得多么友善真诚，你的爱又多么痛苦地唤醒了我，多么永恒的苦恼，多么永恒的责备。你向我，你向你自己承认内心的每一次感情波动，那是对的。但是别因而轻视感情，世上没有毫无价值的感情！每一种感情都是好的，都是极好的，哪怕是憎恨、妒忌、虚荣，甚至是残忍。我们赖以生存的基础便是我们的感情，我们的可怜、可爱和美好的感情，而任何一种错误的感情都是我们要去熄灭的星星。

我爱不爱吉娜，我也不知道，我十分怀疑自己，我并不肯为她作任何牺牲。我也不知道，我究竟有没有爱的能力。我会渴念，会在别人身上寻找自己，我会倾听回声，我会对着镜子盼望，我会找寻快乐，而这些看上去和爱差不多。

我们两人，你和我，行走在同一迷宫里，在我们的感情迷宫里，而在这个糟糕的世界里我们的感情总是吃亏，因此我们两人便按各自的办法，向这个邪恶的世界施行报复。但是我们愿意把自己的和别人的梦都保留下来，因为我们知道，梦之酒的味道又红又甜。

唯有那些善良自信的人，那些相信生活、从不怀疑明天和后天的人，才能够对自己的感情，对自己行为的"作用"和后果有清楚的认识。我却没有成为其中一员的幸运，我的感觉和我的行为都像是一个不相信明天的人，总把每一天看成是自己的最后一天。

亲爱的苗条女友，我试图表达我的思想是不可能成功的。凡是表达出来的思想永远是死的！让它们活着吧！我深深地感激你，我觉得你了解我，就像你我内心有些相似的东西一样。我不知道应该把这一内容归入人生之书的哪一类别里，我们的感情是归属于爱、性爱、同情、感恩呢，还是归属于母性或者童性，我完全说不清楚。我常把妇女看成狡猾的荡妇，也常看成纯洁的孩子。往往是那些最纯真、最富活力的妇女最能吸引我。我所能够爱的都是美丽的东西，神圣而无比善良。为什么会有爱，会爱多久，会爱到什么程度，这却是我所无法测度的。

我不只爱你一个人，你知道的，我也不只爱吉娜一个人，明天或者后天，我会爱上另一位形象，会去画别的形象。但是我从未为自己的爱感到后悔，不论我给她们的爱是聪明的，还是很愚蠢的。我爱你也许由于你很像我，我爱其他人也许恰恰由于她们和我截然不同。

夜已深了，月亮已在山顶。生命在笑，死亡在哭呢！

把这封蠢信扔进火里，另一件要扔进水里的是——

你的克林索尔

下沉之歌

　　七月的最后一天降临了，克林索尔最心爱的月份，李太白的佳节业已逝去，永不再来了，花园里，金色的向日葵仰望着蓝天在哭泣。这一天，克林索尔和忠实的诗人杜甫一起徒步周游了附近一带自己喜爱的地方：烈日晒得滚烫的市郊，高高树荫下尘土飞扬的街道，沙质河岸边红色和橘色的茅舍，载重汽车和货船装卸场，长长的紫色矮墙，形形色色的穷苦居民。这一天的傍晚，他坐在某个郊区的边缘，在尘埃中作画，绘着色彩缤纷的帐篷和一架旋转木马，在村子里那片光秃秃的草地边缘的街沿上，他俯身向前坐着，被帐篷的强烈色彩所吸引。他深深着迷于这座帐篷镶边的醉人浅紫色，那辆笨重住家的大篷车的悦人的绿色和红色，还有那漆成蓝白两种颜色的脚手架。他在激动中挑中了镉色，又狂热地添上了微甜的钴色，又在黄色和绿色的天空里溶进了一道道茜草色。再要一个钟点，噢，不需要那么多时间，就可以竣工了，黑夜即将来临，而明天就是八月的开端，一个熊熊燃烧的火热月份，他那炽热的酒杯里会搅和进太多的忧虑和恐惧。镰刀已磨快，时光已倾斜，死神躲藏在褐色的树叶间开怀大笑。镉色啊，高声鸣响吧！丰满的茜草色啊，自吹自擂吧！还有那柠檬黄色，发出尖锐的笑声吧！快过来吧，远方的蓝色山峰！你们全都在我心里，落满了尘土的黯淡无光的绿树啊！你们为什么这样疲乏，竟然垂下了你们忠实虔诚的枝杆！我痛饮你们，迷人的现象世界啊！我装出永恒与不朽的模样，而我却是最短暂、最怀疑一切、最悲惨的人类，我比你们所有的一切都更加遭受着恐惧死神的折磨。七月已化为灰烬，八月也会匆匆消逝，猛然间，我们在一个满地黄叶的寒冷清晨发现自己正哆嗦着面对一个巨大的魔鬼。猛然间，十一月席卷了整座森林。猛然间，只听见巨大魔鬼的笑声，猛然间，我们的心儿冻得僵硬，猛然间，我们玫瑰色的可爱鲜肉纷纷脱离了骨架，豺狼在荒原上嚎叫，兀鹰高唱着贪婪的诅咒之歌。我已经翻阅到了大城市可诅咒简章的最后一页，那是我的画像，画下有一行字："卓越的画家，表现主义者，伟大的配色大师，死于这个月的第十六天。"

　　他愤愤地在绿色的吉卜赛人大车上画了一道可怕的铁蓝色。在挡车石上他恨恨地涂满了铬黄色。他又满怀绝望地在一片特地留出的空白处填上银朱色，以消灭那挑战性的白色，他奋不顾身地持续画着，他为对付不讲情面的上帝，动用了亮绿色和橘黄色。他叹息着在浅淡的灰绿色上抛洒下浓浓蓝色，他祈求着在夜空下点燃起自己内心的光明。小小的调色板上满是未经掺杂的最明亮、纯粹的颜色，那是他的安慰所在，是他的钟塔，他的武器库，他的祈祷书，他的大炮，他借以向邪恶的死神发起进攻。紫色是对死神的否定，银朱色是对腐烂的嘲笑。善良是他的武器库，他的小小勇敢兵团闪闪发光挺立着，他的大炮迅猛地轰鸣发射着。嗯，事实上他无力改变一切，所有的射击纯属徒劳，但是发起攻击总是对的，总是幸福和安慰，总还有生命存在，总还是凯旋。

杜甫方才走开去拜访一位朋友，那人居住在工厂与卸货场之间自己的领地——魔山上。如今他回来了，还携带了他的这位亚美尼亚占星术士。

克林索尔完成了自己的画，深深呼吸了片刻，望着身边的两张脸，杜甫的浓密金色头发，占星术士的黑胡子和露出白齿的微笑嘴唇。与他们同来的还有那个影子，高高的，黝黑的，深深眼窝里有一双窥视内心的眼睛。也欢迎你光临，影子，亲爱的朋友！

"你知道今天是什么日子吗？"克林索尔问自己的朋友诗人杜甫。

"我知道，是七月的最后一天。"

"我今天占过星象，"亚美尼亚人说，"星象告诉我，今天晚上我会有所收获。今夜土星阴沉可怕，火星色彩黯淡，今夜主宰一切的是木星。李太白，您是七月的孩子吧？"

"我出生在七月的第二天。"

"我想到了。您的星象混乱不清，朋友，只有您自己才能够进行占卜。它们团团拥挤好似一堆云层，几乎快要挤破了。您的星象十分罕见，克林索尔，您自己必然对此也有所感受。"

李白收拾起自己的画具。他描绘的世界业已熄灭，金色的、绿色的天空业已熄灭，亮晶晶的蓝旗已被黑夜吞没，美丽的黄色已被谋杀而凋谢了。他又饿又渴，咽喉里满是尘土。

"朋友们，"他兴高采烈地说道，"今晚我们得聚在一起。我们将来不会再共处了，我们大家，我不是从星象上读到的，它记载在我的心里。我的七月已经逝去，它的最后几个钟点还在黑暗里燃烧，那是伟大的母亲在地下深处呼喊。世界从不曾如此美丽，我的画也没有一幅如此美丽，远方在闪电，哀乐开始奏响了。我们得参加进去，共唱这甜蜜而令人惊恐的歌，我们今夜得聚在一起，共饮共食我们的美酒与面包。"

旋转木马旁边的帐篷刚刚撤去。人们已为夜晚的活动作好准备，几只桌子已在树下摆放好，一个跛脚女侍者来回奔波不停，人们看见树荫下有一家小酒店。他们在这里停下脚步，坐到木板桌旁，面包送来了，酒也盛在陶杯里端来了，树下亮起了灯光，在他们旁边，旋转木马的管风琴开始轰隆隆奏响，一阵阵刺耳的乐声穿过夜的空间朝他们猛烈袭来。

"今天我要痛饮三百杯，"李太白嚷着说，同影子碰着杯，"欢迎啊，影子，坚定的锡兵士！欢迎啊，朋友们！欢迎啊，电灯、弧光灯，还有旋转木马上的亮晶晶金属片！噢，倘若路易斯在这里就好了，这只飘忽不定的鸟！也许他已经在我们之前飞上了天空。也许他明天早晨也来到这里，这只老豺狼，可他再也找不到我们，他会哈哈大笑，会在我们的坟墓前装上弧光灯，插起旗杆。"

占星术士默默走去取回了新酒，快活地咧嘴笑着，露出了洁白的牙齿。

他朝克林索尔瞥了一眼，说道："忧伤这类玩意儿，人们不该总带在身边。丢开它是很容易的——人们只要咬紧牙齿拼命干活，干上短短一个钟点之后，忧伤便被抛到了九霄云外。"

克林索尔注意地观察着他的嘴，那洁白明亮的牙齿，不久前，它们曾在一个极度热烈的时刻把忧伤紧紧咬死。难道他也能够像这个占星术士一般快活吗？噢，哪怕只是向遥远的花园瞥上短促而甜美的一眼：无忧无虑的生活，没有苦恼的生活啊！他心里明白，这座花园自己无法企及。他知道，命定给他的是别的东西，他知道，农神萨杜恩指望他做别的，他知道，上帝愿意在他的琴弦上演奏另一支歌曲。

"每个人都有他自己的星星，"克林索尔缓慢地说，"每个人都有他自己的信仰。我仅仅信仰一种东西：下沉。我们正驾着一辆马车越过深渊，而马匹已经胆怯害怕。我们正面临下沉，我们所有的人，我们必然死去，我们也必然重生，伟大的转折正向我们走来。世界上到处都是同样情况：大的战争，文化艺术的大的变化，西方国家大的衰退。在我们古老的欧洲，凡是我们引以为豪和完全属于我们自己的东西，都已经死亡。我们美丽的理性已经变成癫狂，我们的金钱只是废纸，我们的机械仅仅起射击和爆炸作用，我们的艺术全是自杀。我们正在下沉，朋友，这是无法更改的，清角¹的音调已经开始鸣响了。"

亚美尼亚占星家自斟自饮着。

"随您怎么说都行，"他开言道。"人们可以说是，也可以说不，这纯属儿童游戏。下沉是一种不可能存在的东西。倘若存在下沉或者上升，那么相应地也必须存在下面和上面。但是上面与下面是不存在的，它们仅仅存在于人类的头脑里，存在于假象世界。一切对照都是假象：白与黑是假象，好与坏是假象，生与死是假象。只消干一个钟点累活，咬紧牙关熬一个钟点，人们就可以战胜假象的王国。"

克林索尔倾听着他悦耳的声音。

"我说的是我们自己，"克林索尔答复说，"我讲一讲欧洲，我们的老欧洲，两千年来一直自认为是世界的头脑。这个欧洲正在下沉。难道你以为我并不认识你吗，占星术士？你是一个来自东方的使者，也是派遣给我的使者，你也许还是一个间谍，也许是一个

---

1 黑塞在这里引了"Tsin Tse"这个名字，未说明出处，据德国学者分析，当为《东周列国志》第六十八回中令鬼神毕集的乐曲《清角》。

乔装打扮的军队统帅。你到了这里，因为这里正在开始自己的终结，因为你在这里嗅到了下沉的气味。而我们是乐意往下走的，你懂吗，我们乐意死亡，我们不反抗。"

"你倒不如说，我们乐意新生，"那个亚洲人笑着接下去说道，"在你看来是下沉，在我眼中也许却是新生呢。两者均属于假象。地球上的人全都深信自己生存在天空底下的一块坚固圆盘上，相信上升与下沉——一切人，几乎所有的人都深信这块坚固圆盘！但是天上的星星却并不知道什么叫上升与下沉。"

"难道星星不沉落？"杜甫大声叫嚷着问。

"对我们的眼睛说来是坠落的。"

占星术士斟满了酒杯，他不断地斟着酒，脸上总是堆满了殷勤的笑容。他拿起空陶罐走开去，又捧回了新酒。旋转木马的音乐高声轰鸣不停。

"我们去那边吧，那儿多漂亮。"杜甫请求说，他们便走了过去，站停在涂色的栅栏前，望着飞快运转的旋转木马上金属片和镜子的耀眼光彩，成百个孩子的目光都贪婪地凝视着这团光彩。克林索尔瞬间觉得这架旋转机器的原始非洲人性质极其可笑，这种机械音乐，这些鲜艳粗野的图画和色彩，还有镜子以及疯疯癫癫的装饰柱，所有的一切都带着巫师和萨满[1]的标记，具有魔术和古老捕鼠器的特点，而其全部粗野的光彩，压根儿不是别的而只是白铁皮勺的颤抖闪光，只是一个冒险家为钓小鱼儿而设的勾当。

所有的孩子都可乘旋转木马。每一个孩子杜甫都给了钱，影子邀请了全体孩子。他们乱糟糟拥在馈赠者周围，缠着他，恳求他，感谢他。有一个美丽的十二岁金发小姑娘，每次都要乘木马，因而她每一圈都乘坐了。在耀眼的灯光下，短裙围着她稚嫩可爱的小腿缓缓飘动。一个孩子猛然大声哭叫。孩子们互相殴打起来。风琴声里嘭嘭击响了钹声，好似节奏里添了熊熊烈火，美酒里注入了鸦片。他们四个人还久久地伫立在这一片骚动中。

后来他们又重新坐回到树下，亚美尼亚人又斟满

---

[1] 萨满（Schamane），一种巫师名称。萨满教又称原始宗教，现仍流行于亚洲和欧洲的极北部。

了酒杯，为煽起下沉感，他爽朗地笑着。

"我们今天要饮干三百杯。"克林索尔歌唱着说。他的头颅被晒成了黄色，他的大笑声传出很远。忧郁像一个巨人，踞坐在他颤抖的心上。他为自己碰杯，他赞美下沉，赞美死，这是庄子的音调。旋转木马的音乐声轰隆滚过来又滚过去。但是在他内心深处还稳坐着恐惧，这颗心还不愿意死，这颗心憎恨死。

夜色里突然又猛烈地响起了第二种音乐声，响亮、炽热，从房屋里传出来。在酒店的底层，在一座壁架上排满了整齐酒瓶的壁炉边，奏响着一架钢琴的声音，像放机枪一样又粗野又尖锐又急促。它奏出痛苦喊叫似的不和谐音调，节奏又像沉重的汽动碾路机压力下的呻吟一般难听。人们都在这里，灯光，喧哗声，小伙子们在跳舞，还有姑娘们，甚至那个跛脚的女侍者也在跳，杜甫也跳了起来。他带着那个金黄头发的小姑娘，克林索尔注视着这一对跳舞的人，她那短短的夏季裙子轻快而柔和地绕着纤细优美的小腿飘动着，杜甫友好地笑着，脸上充满了怜爱神情。壁炉角落旁坐着刚从花园进来的人们，他们靠近音乐声坐着，处在喧闹的中心。克林索尔倾听着色彩，领会着声音。占星术士从壁炉上拿起一瓶酒，打开瓶盖，斟了一杯。灿烂的笑容始终停留在他那聪明的棕色脸庞上。音乐声在这间低矮的大厅里像雷鸣般响得可怕。壁炉架上那一排陈年名酒渐渐地被亚美尼亚人打开了一道又一道缺口，活像某个盗窃庙宇的小贼从祭坛的器皿中偷走一个又一个圣餐杯那样。

"你是一个伟大的艺术家，"占星术士对着克林索尔的耳朵悄悄说道，一边又斟满了自己的酒杯，"你是这个时代最伟大的艺术家之一。你完全有权利自称为李太白。但是你这个李太白，是一个到处奔波的、可怜的、受折磨而又充满恐惧的人。你为下沉的音乐唱赞歌，你唱着歌坐在自己熊熊燃烧的屋子里，这把火却是你自己点燃的。你觉得生活不快乐，李太白，即使你每天都饮酒三百杯，即使你还与月亮碰了杯。生活得不快乐，生活得很痛苦，下沉的歌手啊，你不愿顺从自然法则吗？你不愿生活吗？你不想持续生命吗？"

克林索尔饮完酒后，轻轻地用自己略带沙哑的声音回答说："难道一个人有能力改变自己的命运吗？难道存在选择愿望的自由？占星家，难道你能够驾驭我的星宿掉转方向吗？"

"我能够占卜星象，却无法驾驭。唯有你才能驾驭自己的星星。存在着愿望的自由，它的名字叫魔术。"

"我能够从事艺术，为什么要改为魔术，艺术工作不也同样好吗？"

"无物不好。万物也皆恶。魔术可消除一切假象。魔术可消除我们称之为'时间'的那种最糟糕的假象。"

"艺术不也是干这种工作的吗？"

"仅仅试验而已。你画了七月，你画夹里的东西，赋予你满足感吗？你消除了时间吗？你面对秋天，面对冬天，心里毫无畏惧吗？"

克林索尔叹息着沉默了，他默默地喝着酒，魔术师又默默地斟满了他的杯子。那架被解放了的钢琴疯狂地喧闹着，跳舞的人群里不时浮现出杜甫天使般的脸庞。七月已经到了终点。

克林索尔摆弄着桌上的空酒瓶，把它们排成一圈。

"这些就是我们的大炮，"他高声喊叫，"我们用这些大炮轰死时间，轰死死神，轰死悲惨。我已经用颜色射击过死神，用活泼的绿色，用火辣辣的朱红色，用甜蜜蜜的鹦嘴色。我常常击中他的头颅，我用白色和蓝色射入他的眼睛。我常常打得他逃走。我还会常常遇见他，还会战胜他，还会用巧计制服他。瞧那个亚美尼亚人，他又打开了一瓶名酒，已逝去的夏日阳光还让我们热血沸腾。亚美尼亚人也在帮我们射击死神，亚美尼亚人也懂得对付死神并无任何其他武器。"

占星术士取来面包，吃了起来。

"对付死神我不需要任何武器，因为并没有什么死神。只存在一种事实：恐惧死亡。有一件武器能够治愈这个毛病。那便是干活一小时以战胜恐惧。但是李太白不愿意。因为李爱死神，他爱自己那种对死亡的恐惧感，那种痛苦，那种悲惨，唯有恐惧感才教导他学会了一切能力，并让人们因而爱他。"

他嘲笑地举举杯子，牙齿闪闪发亮，他的脸上永远含笑，痛苦似乎与他无缘。没有人答话。克林索尔还在用酒大炮轰击死神。死神站在大厅敞开的门前，又高又大。门内，人声、酒味、音乐声涨满了大厅。死神高高挡在门前，死神轻轻摇撼着黑黝黝的槐树，死神静静守候在昏暗的花园里。屋外的一切都潜伏着死神，充满了死神，仅剩这间狭小、喧嚣的厅堂里还在进行战斗，还在与那个漆黑的、绕着窗户呜呜作响的围攻者作着庄严、勇敢的战斗。

占星术士讥讽地朝桌子瞥了一眼，又嘲讽地斟满了所有的酒杯。克林索尔已经摔破了许多杯子，他又递给克林索尔一只新酒杯。这个亚美尼亚人已喝了无数杯酒，却和克林索尔一样始终坐得笔挺。

"让我们一起喝酒吧，李，"他低声挖苦道，"你喜欢死，你很乐意往下沉，你愿意死神灭亡。你是这样说的吧，或者我搞错了——或者归根结底是你自己把你和我都搞糊涂了？还是喝酒吧，李，让我们一起往下沉吧！"

克林索尔气得满脸通红。他站起身，站得笔直，高高挺起身子，活像一只尖脑袋的老雀鹰，他往酒里吐唾沫，把满满一杯酒泼到地上，葡萄酒一直溅向大厅远处，朋友们惊得脸色发白，陌生的人们则哈哈大笑。

而占星术士只是默默微笑着拿起一只新酒杯，笑着把它斟满了，又笑着递给了李太白。于是李笑了，他也跟着笑了。笑容好似目光铺开在他扭歪的脸上。

"孩子们，"他向大家喊道，"让这位陌生人给我们讲讲话吧！他懂得很多，一只老狐狸，他来自一个隐藏很深的洞穴。他懂得很多，但是他却不了解我们。他太老了，已不能懂得孩子们。他太聪明了，已不能懂得愚蠢的人。我们，我们全是会死亡的人，我们比他更知道死亡。我们全是人类，不是星星。请瞧我的手，拿着盛满美酒的小小蓝杯的手！这只手很能干，这只棕色的手。他用许多笔画过许多画，他曾把一块块鲜亮的世界从昏暗中撕下并展现在人们的眼前。这只棕色的手曾抚摸过许多妇女的下颌，他诱惑过许多姑娘，许多女人吻过它，许多眼泪落向它，他的朋友杜甫还为它写过一首诗。这只亲爱的手，朋友，很快就将被泥土和蛆虫所吞没，任何人都不会再触摸到它。事实如此，我恰恰因而喜爱这只手。我爱我的手，我爱我的眼睛，我爱我柔软洁白的肚子。我带着遗憾，带着讥讽，还带着无限温情喜爱它们，因为它们全都必然很快衰老和腐烂。影子啊，黑暗的朋友，来自安徒生坟墓的古老锡兵，就连你也难逃厄运，亲爱的老伙计！同我碰杯吧，为我们亲爱的四肢和内脏的长存而干杯！"

他们互相碰杯，在影子那双深邃的眼窝里流露出浓浓的笑意——突然有什么东西穿过了整座大厅，像一阵风，又像一个幽灵。音乐骤然停息了，跳舞的人们流水般逝去，消失在黑夜里，一半的灯光也猛然熄灭了。克林索尔向漆黑的门口望去。门外站着死神。克林索尔站着瞪视着死神，闻到了他的气息。死神的气息就像掉落在路边树叶上的雨滴般清凉。

这时李太白推开酒杯，推开椅子，慢慢走出大厅，走进了黑暗的花园，又继续往前走着，走进一片黢黑之中，他孤零零走着，听不见雷声的闪电在他头上闪忽不停。一颗心像坟墓上的石块沉甸甸地卧在他胸膛里。

八月的黄昏

　　黄昏时分，疲劳不堪的克林索尔穿过森林，经过维格里耶来到了昏昏欲睡的小村肯凡杜，整个下午他都在马努楚和维格里耶一带冒着烈日和大风作画。他总算唤来了年迈的女店主，她端给他满满一陶杯葡萄酒，他便坐在大门前的一棵胡桃树墩上，打开了背包，发现还有一块干酪和几只李子，就开始用晚餐。老妇人坐到了他身旁，她白发苍苍，驼背，没有牙齿，她的脖子皱纹密布，苍老的眼睛已呆滞无光，她向他叙述着自己的小村庄、自己的家庭，讲着战争和上涨的物价，讲着耕地的状况，讲着葡萄酒和牛奶以及它们的价格，讲着死去的孙子和离开家园的儿子们。这类基层农民生活的一切生命阶段和星象图景便亲切而明白地展现在他眼前，粗糙而充满美的香气，充满了快乐和忧愁，充满了恐惧和勃勃生气。克林索尔吃着，喝着，倾听着，询问着孩子们、牲口、牧师们的情况，友好地赞美着淡而无味的葡萄酒，请她品尝自己的最后一颗李子，随后伸出手与她告别，祝她晚安，便又背上背包，拿起手杖，缓慢而艰难地朝着山上发亮的森林攀登，赶回自己的宿营地。

这时正是傍晚的黄金时刻，到处都还闪耀着白天的光辉，而月亮却也已夺得发光的地盘，第一批蝙蝠也已在微微夜色中飞舞了。一片森林的边缘还温暖地沐浴着落日余晖，亮晶晶的栗树树干突现在黑色阴影之前，一座黄色农舍好似一块黄玉正柔柔地散放出自己白天吸入的光亮，小路穿越着草地、葡萄园和树林，时而呈玫瑰色，时而呈蓝紫色，随处可见变黄的槐树枝条；在西边，蓝色的群山还笼罩着金绿色光辉。

啊，现在还应该工作一阵，不能放过这个熟透了的、充满魅力的夏天的最后一刻钟，它将永不再来了啊！现在，一切是多么无可名状的美，多么静谧，善良和慷慨，多么充满了上帝的恩赐啊！

克林索尔坐到凉爽的草地上，机械地去拿画笔，又微微笑着听任自己的手重新落在身边。他累极了。他的手抚摩着干燥的青草，抚摩着软软的干土地。眼前这场可爱而震撼人心的游戏能够持续多久呢，他的手他的嘴他的眼睛还能够享用多久呢！他的朋友杜甫曾为这样的日子赠给他一首诗，他想了一想，慢慢念出声来：

生命之树的绿叶凋零

一片接着一片。

噢，彩色绚丽的世界，

你怎能令人百看不厌，

怎能令人乐而忘返，

怎能令人如痴如醉！

今天花儿还怒放盛开，

不久便凋落枯萎。

很快，风儿也呼呼地

吹过我棕色的坟茔，

吹过小小的婴儿，

那母亲正俯身呵护。

我愿再望入她的双眸，

她的目光是我的星星，

世上的一切都可以消散，

一切都要死亡，也乐意死亡。

唯独永恒的母亲永存，

我们全都来自她，

在那飘忽的空气之中，

她用嬉戏的手指

写下了我们的名字。

是的，这样该有多么好。克林索尔的十条性命还剩下几条呢？三条命？或者只剩下了两条？永远总是比一条命多些，永远总是比仅仅有一种普通平凡市民的生命要多一些。他做了许多工作，他观察很多，画满了许多纸张和亚麻布，激起过无数颗心的爱与恨的感情，他曾给这个世俗世界的艺术和生活带来许多不快，也吹去了许多新鲜的清风。他爱过许多妇女，他冒犯过许多传统习俗和神圣不可侵犯的东西，他大胆尝试过许多新玩意儿。他饮干过无数杯美酒，他曾在无数明亮的白天和满天星斗的黑夜里自由呼吸，他曾经受无数次烈日的烤炙，他曾在无数河里自由游泳。如今他坐在这里，在意大利，或者是在印度，或者在中国，夏日变幻无常的暖风摇撼着栗树冠，周围的世界和谐而美好。不管他将来还要绘一百幅画或者只绘十幅，也不管他将来还要生活二十个夏天或者只生活这个夏天。他已经疲倦，疲倦了。一切都要死亡，一切也乐意死亡。杜甫，你的诗真棒！

现在该是他回家的时候了。该是他摇摇晃晃走进卧室，迎面享受从阳台门吹入的清风的时候了。该是他打开灯，取出速写草图的时候了。树林深处用浓重的铬黄色和深蓝色也许是正确的，也许会成为一幅好画。现在该回家了。

然而他仍旧坐着不动，风吹拂着他的头发，吹动他那弄脏了的亚麻布上衣，他微微含笑，迟暮的心却隐隐疼痛。风轻轻地吹着，蝙蝠在日光熄灭的天空中无声无息地飞舞。一切都要死亡，一切也乐意死亡，唯有永恒的母亲永恒存在。

天气那么暖和，他也可以在这里睡觉，至少可以睡上一个小时。他把头枕在背包上，眼睛凝望着天空。这世界多么美，多么令人百看不厌！

有人从山上向下走来，穿着松松的木鞋底的脚步十分有力。一个身影显现在蕨类植物和金雀花丛之间，是一个妇女，衣服的颜色在夜幕下已不能分辨。她逐渐走近了，迈着健康而均匀的脚步。克林索尔跳起身子，高声向她问好。她稍稍受了惊吓，站停了一会儿。他看清了她的脸。他见过她，只是一下子想不起在哪里。她很漂亮，黑皮肤，坚固美丽的牙齿闪闪发亮。

"真巧！"他大声说着向她伸出手去。他觉察自己和这位妇女有过某些联系，有过某种小小的共同回忆。"我们是认识的吧？"

"圣母啊！您不是住在卡斯塔格纳特的家吗！您居然还记得我？"

是的，他现在想起来了。她是塔维尼山谷里的一个农妇，他曾经在她家附近逗留过，就在这个夏天，却已经是那么模糊不清、埋藏很深的遥远往事了。他记得自己画了几个钟点，在她家的井台边饮了水，在无花果树荫下小睡了一个钟点，最后从她那里得到了一杯酒和一个亲吻。

"您后来怎么不再来了，"她责备地说，"您曾经亲口许诺一定再来的。"

她那宽厚的声音听着有些戏弄和挑逗的味道。克林索尔也兴奋起来。

"你瞧，这样不是更好吗，你现在不是正在我身旁吗！我多么幸运，恰恰是现在，我正觉得十分孤单和悲哀！"

"悲哀？别逗我了，先生，您可真是个滑稽家，你的话一句也信不得。好啦，我必须走了。"

"噢，那么我陪你走。"

"你不走这条路，也没有这个必要。难道我会出事吗？"

"你不会出事，但是我会出事。这对我容易吗，遇见了你，喜欢上你，和你一起走过，吻了你可爱的嘴唇、颈项和美丽的胸脯，也许另一个人行，我可不行。不，这办不到。"

他用手搂住她的背，不让她挣脱。

"星星，我的小星星! 宝贝儿! 我的甜蜜的小桃子! 咬我，否则我就吃了你。"

他吻她，她笑着往后退缩，对着那张开的有力的嘴，她半推半就地软化了，回吻了他，她摇摆着脑袋，笑着，试图挣脱身子。他搂紧她，嘴压在她唇上，手压在她胸前，她的头发散逸出夏天的气息，散逸出干草、金雀花、蕨类植物和黑莓果的气息。片刻后他深深地吸了一口气，仰起头来，看见第一颗小小的洁白星星已升起在日光逝去的天空。这位妇女的脸变得严肃起来，她缄默无语，叹息着，把自己的手搁在他的手上，让它们更紧紧地压向胸脯。他温柔地弯下身子，把胳臂伸向她双膝间，她不再反抗，躺倒在草地上。

"你真的爱我?" 她像一个小姑娘似的问道。

他们共享着美酒，风儿轻抚着她的头发，吹走了他们的呼吸。

他们分手之前，他在自己的背包和外衣口袋里搜寻着可以作为礼物的东西，找到了一只小小的银盒子，里面还剩下半盒烟丝，他倒空烟丝，把盒子递给她。

"不，不是礼物，绝对不是！"他保证说，"只是留作纪念，让你别忘了我。"

"我不会忘记你的，"她说，接着问，"你还会再来吗？"

他悲伤起来，动作迟缓地吻着她的双眼。

"我会再来的。"

他还一动不动地站停了片刻，倾听着她穿着木鞋走下山去的脚步声，越过草地、树林、泥土、田地、树叶和树根的声音。她已经走远了。夜色下的树林一片漆黑，风喧闹地刮过阳光逝去的大地。不知是什么东西，也许是一片蘑菇，也许是一朵枯萎的蕨草，散发着刺鼻的带苦味的秋天气息。

克林索尔不能够下定决心回家。他为什么要上山，为什么要在屋里面对那些绘画呢？他伸展四肢躺倒在草地上，凝望着星星，最终睡着了，睡得很深沉，直到半夜时分一声野兽叫喊或者一阵狂风，或者是冰凉的露水把他唤醒。他便起身上山回到卡斯塔格纳特，他找到了自己的屋子，自己的房门，自己的画室。房间里有信件有鲜花，曾经有客人来造访过。

他已经很累，然而拗不过自己的老习惯，仍旧打开了每晚必定查看的画夹，他在灯光中翻阅着白天绘下的画页。这幅森林深处景色很美，杂草和岩石在光影颤动的阴影里闪耀出凉爽可爱的亮光，像一间藏宝的密室。当时他仅用了铬黄色、橘红色和蓝色，而放弃了银朱色、绿色，这无疑是正确的。他久久地注视着画页。

但是这一切都为了什么？为什么在所有的纸上都涂满颜色？一切努力、汗水、如痴如醉的创作狂热都为了什么？存在解脱吗？存在静谧吗？存在和平吗？

他精疲力竭，灰心丧气，没脱衣服就躺到床上，灭灯后他试图入睡，便轻声吟诵起了杜甫的诗句：

很快，风儿也呼呼地
吹过我棕色的坟茔。

克林索尔致路易斯信

很久没有听到你的声音了。你还活在阳光下吗？或者兀鹰已经啃了你的骨头？

你用织衣针拨弄过停摆的挂钟吗？我曾试过一次，机械突然着了魔似的动起来，两根指针绕着钟面赛跑，发出令人毛骨悚然的杂音，它们疯狂地转了又转，速度惊人，然后和方才忽然转动一样又猛地静止了，魔鬼离开挂钟了。现在我们这里的情况也就是如此：太阳和月亮高高在上横冲直撞，日子走得飞快，时光仿佛从袋子的破洞中漏失似的消逝而去。但愿末日会突然降临，让这个酩酊的世界下沉，不再陷入互相竞争的节奏里。

我这些日子很忙，忙得没时间思想（当我大声说这么一句话——"忙得没时间思想"时，自己听着也很可笑！）但是我晚上常常想念你。那时我往往坐在树林里许多小酒店中的一家酒店的桌边，喝着当地人爱喝的红葡萄酒，尽管味道大都不怎么样，却总能让人容易忍受生活，对睡眠也有好处。有几回我甚至在这种洞穴式酒店桌上睡熟了，以致那些本地人冷笑着说，这足以证明我的神经衰弱症并不十分严重。有时候他身边有朋友和姑娘，他的手指触摸着女性柔软的四肢，闲聊着帽子、高跟和艺术。有时候运气好，人人兴高采烈，我们就说笑通宵，克林索尔竟是这样一个有趣人物，使大家都很开心。这里有位很漂亮的女士，每次遇见她，她都热切地问起你。

正如一位教授所说，我们两人的艺术创作和客观实物实在太接近了（能够画成一幅画该多妙）。虽然我们也运用了若干比较自由的手法，引起世俗社会惊呼，但我们笔下的画依旧摆脱不开"现实"的东西：人、树、集市、铁路以及乡村风光。在这方面，我们仍然因袭传统。世俗人们称之为"真实"，所有人，或者至少可以说许多人都持类似看法。我已经设想好，这个夏天一结束，就专心致志画幻想画，尤其是梦中的幻想。我的设想中有一部分也是你所中意的，有趣得惊人，例如像科隆大教堂里的猎兔人柯罗费诺的传奇故事。虽然我也觉得自己脚下的地薄了一点，我也不能对自己有太多期望，我还是想朝这个世界的大口发射几枚猛烈的火箭。最近有一位收藏家写信给我说，他惊喜地发现，在我最新发表的作品中显示出我正经历的第二度青春。这话是有些正确之处的。我自己也感觉，好似今年才真正开始了作画。但是我现在所经历的与其说是春天，倒不如说是一种爆炸。我自己也很吃惊，体内居然还蕴藏着那么多炸药，可是在一座旧炉灶里，炸药也不会有多大威力。

亲爱的路易斯，我常常想到我们这两个浪荡子本质上都十分敏感羞怯，宁可用玻璃杯砸对方的脑袋，也不愿让对方表露自己的感情，我心里就暗暗高兴。但愿永远如此，老刺猬！

我们最近在巴兰戈附近一家小酒店里举行过一次只有面包和酒的宴会。我们的歌声庄严地回响在午夜的高高树林里，这些古老的罗马歌曲。当人们年龄渐老，两脚开始冰冷时，人们寻求快乐所需要的东西已很少很少：每天工作八到十个钟点，一瓶皮蒙特酒，半磅面包，一支弗吉尼亚雪茄，几个女朋友，当然首先要暖和，要有好天气。我们拥有这一切，太阳工作很努力，我的脑袋已经烤干像一具木乃伊。

有些日子里，我产生了一种生命和工作才刚刚开始的感觉，有时候却又感觉自己好似干了八十年重活，有权要求立即让我静静休息了。凡是人总要到达终点，我的路易斯，你我也不例外。上帝知道我现在给你写了些什么，大家都看出我目前健康不佳。我大概得了抑郁症，我常常眼睛痛，总怀疑患了视网膜脱落症，这是我几年前读到的一篇论文里提到的眼病。

当我从阳台上向下俯视你所熟悉的景致时，我便意识到我们还得再勤奋工作一段时间才对。世界美得难以言传，又变化无穷，穿过这扇高高的绿色大门，世界在我面前鸣响，欢呼，无论白天还是黑夜都在向我提出要求，我便不断跑出去，从中撷取一小片，极小极小的一片。经过干燥的夏天之后，这里的翠绿景色已起了惊人变化，变成了浅浅的红色，我想我不会再采用英国红色和赭色这两种颜料了。接着而来的是全面铺开的秋天，收刈后的麦田，收葡萄，收玉米，还有满树红叶的森林。我要把这一切体验了又体验，一天又一天地作画，要画上几百张作品。然后，我有这样的感觉，我将会转向心的表现，如同我青年时代曾经做过一段时间的那样，纯凭记忆和想象作画，写诗和编织梦幻。这也是我必须做的事情。

有一位伟大的巴黎画家曾经答复某个请他指点的青年画家说："年轻人，倘若你想成为画家，首先要吃好吃饱，第二是善于消化，大便通畅有规律，第三就是总有一个漂亮的姑娘做伴！"是啊，人们会说我早已学会这三大艺术秘诀。但是今年霉运照头，就连这些最容易办到的事也办不顺当。我吃得很少很糟糕，常常整天只有面包充饥，不时还闹胃病（对你说吧，这真是最无价值的痛苦），我现在甚至没有合意的女朋友，只是和四五位女士往来往来，结果就像我的受饿一样弄得精疲力竭而毫无收获。我的时钟出了问题，自从我用织针拨过之后，它又走了，不过快得像恶魔，还发出嘎嘎的怪声。一个人身体健康的时候，生活是多么简单呀！除了当年我们讨论调色板的通信外，你还从未收到我这么长的信吧。就写到这里，已近五点钟了，天快大亮了。致以衷心问候！

你的克林索尔

又及：

我记得你很喜欢我的一幅小画，最中国化的那张，有茅屋，有红泥小路，有锯齿形绿叶的树木，还有远处像玩具似的小城作为背景。我现在不能寄给你，我实在也不知道你现在何处。但是这幅画已经属于你，这一点我无论如何要告诉你。

克林索尔赠友人杜甫诗
（作于绘制自画像期间）

夜晚我醉坐在风儿飒飒的树下，
秋天侵蚀着歌唱的枝条；

为了盛满我的空瓶，

店主嘟哝着跑进地窖。

明天，明天那个白森森死神

会用叮当镰刀砍入我鲜红血肉，

我知道他久已埋伏窥伺，

这个面目狰狞的敌人。

只为嘲弄死神，我歌唱了半夜，

我的醉酒之歌响彻疲倦的树林，

我唱歌，我喝酒，

只为了嘲笑他的威胁。

漫长的流浪，我已做够受够，

如今我坐在夜色下饮酒，

战栗地等待那闪亮的镰刀

把我的头和颤动的心分开。

自画像

在连续许多星期不寻常的阳光灿烂干燥日子后，九月的头几天阴雨连绵。这些日子里克林索尔就在自己下榻的卡斯塔格纳特古堡大厅的高高窗户旁绘他的自画像，这幅画现在挂在法兰克福。

这是一幅可怕的，然而又很迷人美丽的画像，是他最后一幅完全画好的作品，是他在那个夏天的工作结束时的成果，是他那个闻所未闻创作力旺盛时期的结尾——作为顶峰和皇冠。许多人喜欢这幅画，因为每一个人，凡是熟悉克林索尔品性的人，能够立即准确无误地从这幅画上辨认出他本人，尽管人们绝对没有见过任何一幅画像与本人面貌如此不相类似。

如同克林索尔其他晚期作品一样，人们会对这幅自画像产生截然不同的见解。对于某些人，尤其是不认识画家的人，首先会觉得这幅画像是一首色彩音乐会，是一幅精心编织的地毯，尽管五光十色却依然幽静高雅。另一些人则从中看到了画家试图摆脱物欲羁束而作的勇敢而无望的最后努力：画一幅人脸却像在画一幅风景画，头发让人联想树叶和树皮，眼窝好似岩石的裂口——他们说，这幅画让人联想到大自然的地方是，某些山脊像一个人的脸部，某些树枝像人手或人腿，不过都只是联想、譬喻而已。而另外许多人对这同一作品的看法则恰恰相反，他们看到的是：克林索尔的脸被他自己以不留情面的心理分析方法肢解与阐释着，这是一种特殊的忏悔，一种不顾一切、大喊大叫、激动人心而又令人惊恐的自白。此外还有一些人，其中若干人是他最无情的敌手，他们认为这幅画实属克林索尔业已疯狂的典型创作和标志。他们对画中的人头和生活中的真实原型进行了比较，和照片进行了比较，他们在形式上的变形与夸张中发现了一些原始人的、蜕化变质的、返祖性与动物性的特征。还有些人则对这幅画的异教偶像性与幻想性保留看法，他们在画中见到了某种偏执狂般的自我崇拜内容，一种渎神的、自我赞颂的东西，一种宗教性的自大狂。诸如此类的见解全都可能是正确的，另外还有许多其他的看法。

克林索尔在创作这幅画的日子里从未出门，除了夜里出去喝酒，他只吃女房东给他送来的面包和水果，他一连几天不刮胡子，再加上晒黑的额头下一双深深下陷的眼睛，邋遢模样实在吓人。他坐在那里单凭记忆不断画着，几乎只在工作间歇时刻才走到挂在北墙上一面巨大的、绘有玫瑰花纹的老式镜框前，脑袋俯向镜子，睁大了眼睛，剖析着自己的面容。

他看见这面镶着愚蠢玫瑰框边的大镜子里克林索尔的脸庞后有许许多多张脸，他把这许多张脸全都画进了自己的肖像里：孩子们的脸甜蜜且带惊讶表情，青年人的额头充满了梦想和激情，画上的眼睛富于讥讽，而嘴唇则是一个渴望者、一个追随者、一个痛苦者、一个探索者、一个浪荡子、一个天真战士的嘴。他对整个头颅的构思是庄严而冷酷的，他塑造了一个原始森林里的异教神，一个爱上了自己的、好忌妒的妖怪，一个人们得向之奉献第一批成熟果实和青春少女的魔鬼。这便是他的某些脸庞的若干外貌。另一张脸是那个灭亡者、下沉者、乐意向下沉沦者的脸庞：苔藓生长在他的头颅上，一口黄牙齿东倒西歪，枯萎的皮肤满是皲裂纹，而皱纹里填满了头屑和霉菌。他的若干朋友却特别喜欢画里的这一张脸。他们说道："这是一个人，ecce homo[1]，他是我们资本主义后期时代一个疲倦的、渴望的、粗野的、孩子气的和狡猾的人，一个垂死的、愿意死亡的欧洲人：他因渴望而变得有教养，因精神负担而变得病态，他时刻准备向前进，也为向后倒退做了准备，他热情似火，却也十分疲惫，他屈服于命运和痛苦就像一个瘾君子屈服于毒品，他变得孤独、衰弱、老朽，他既是浮士德又是卡拉马佐夫，既是野兽又是智者，他完全没有功名心，完全裸露无遗，他对死神充满了儿童般的恐惧，同时又厌倦生命随时愿意把自己交给死神。"

---

1 拉丁语，意谓：瞧，这一个人。这也是尼采一部自传的题目。

在上述这些脸庞后面的更幽深更遥远处还有一连串更古老、更遥远、更幽深的脸庞，猿人的、动物的、植物的、岩石的，他好似大地上最后一个活人在临死的瞬间做了一场春梦，再一次飞速地望见了人类史前时代和自己时代的所有人的形象。

克林索尔在这些因为紧张工作而飞速消逝的日子里活像一个神志恍惚的疯人。夜晚他总是喝得醉醺醺的，随后举着烛台站在那面古老的镜子前，细细观察着玻璃里的面孔，一个醉汉表情忧郁的鬼脸。有天晚上他邀请一位情人做伴，他们躺在工作室的长沙发上，当他把赤裸裸的她压在自己身下时，却从她的肩上瞪视着镜子，在她乱蓬蓬的头发间他看见了自己扭歪的脸，充满了情欲，也充满了对情欲的厌恶之情，一双眼睛布满了红丝。他邀她隔日再来，但是她感到恐惧，再也没有露面。

他夜里睡得很少。他常常从可怕的梦中惊醒，汗流满面，内心狂乱而且厌世，然而他还是立即从床上跳起来，瞪视着衣柜的镜子，阅读着神情恍惚面容上的荒凉景色，时而阴郁，时而充满仇恨，或者是微笑着，似乎在幸灾乐祸。他曾经做过一个目睹自己受酷刑的噩梦，双眼被钉进了钉子，鼻孔被钩子撕裂。他随手用木炭在一张书封皮上画了一幅受刑的脸，眼里钉着钉子。人们在他死后发现了这幅罕见的画。有一次他突发脸神经痛，他弯曲身子倒挂在椅子背上，笑着，由于疼痛而尖叫着，看着镜子玻璃上自己扭曲变丑的脸，观察着脸部的痉挛状态，嘲笑眼泪。

他的自画像不仅仅画了自己的脸，或者上千种脸，他也不仅仅是画眼睛和嘴唇，画深谷般痛苦万状的嘴，画裂开岩石般的额，画树根般的手，画手指的痉挛，画脸上的嘲弄神情，画眼睛里的死神。他用自己执拗的、精力充沛的、简洁的、微微颤动的笔法画进了他的生命：他的爱，他的信仰，他的怀疑。他还画了一群裸女，鸟儿一般在风暴中飘飞，是被邪神克林索尔屠宰的牺牲品，还画了一个自杀少年的脸庞，还画了远处的庙宇和森林，画了一个强壮而蠢笨的年迈的大胡子神仙，画了一个胸脯被利剑砍开的妇女，画了长着脸的蝴蝶在鼓翼翱翔，在画面的最后部，在

94

一片混沌的边缘是死神，一个灰色的幽灵，手里握着一根长矛，细小得犹如缝衣针，死神已把矛刺入了克林索尔的额头。

当克林索尔一连几个钟点不断地绘画时，常常被一阵阵冲动所驱使，使他不知疲倦地跌跌撞撞穿过房间，把门碰得乒乓响，从柜子里抓出酒瓶，从书架上抽出书籍，从桌子下拉出地毯，躺倒在地板上读着书，又把身子远远探出窗外深呼吸，又翻出自己的旧材料与照片，让所有房间的地板上、桌子上、床上、椅子上全都堆满纸张、画片、书籍和信件。每当雨前起风的时候，穿窗而入的狂风便把一切都吹得乱七八糟。他在一堆旧材料里发现了一张自己孩提年代的照片，照片上的他只有四岁，穿一身雪白的夏装，亮晶晶的金色头发下是一张倔强可爱的小脸。他找出了父母亲的一些照片，还是他们青春年华时的恋人照。所有的照片都刺激他、折磨他，让他紧张，牵扯着他的感情时而高昂时而低沉，直到他再度恍然一震，回到画架前继续作画。他为自己画里的岩石划下越来越深的沟纹，他把生命的庙宇画得越来越广阔，他为彼世的存在做着越来越强有力的辩护，他为人生短暂唏嘘啜泣，他的种种带笑的比喻亲切感人，他对人类必然腐烂的命运冷嘲热讽。然而他又像一头被追逐的小鹿似的跳起身来，绕着房间快步疾走，活像一个囚犯。偶尔喜悦不已，像夏日暴风雨的闪电击中他，激起深沉的创作狂热，直到痛苦又再次让他躺倒在地上，他的生活与艺术中的断片碎块猛然掷向他一脸。他在自己的画像前祈祷，又对着它啐唾沫。他疯疯癫癫，如同每个创造者都有些精神错乱一样。但是他在疯狂中的所作所为聪明地毫无差错，就像一个梦游人不会出事一样，他完成了自己作品所要求的一切。他感觉自己是虔诚的，因为在这场完成自画像的残酷斗争中，不仅需要个人的智慧和责任心，而且还需要一种人性，一种普遍和重要的人性。他感觉自己又一次面对着一种任务、一种命运，所有过去曾经发生的恐惧与逃遁，陶醉与兴奋全都由于他面对了自己的使命。如今已不再存在恐惧，也不会再逃遁，如今只存在前进，只存在打击和讥讽，要么胜利要么灭亡。他胜利了，他下沉了，他痛苦，他大笑，他把自己咬成两半，他杀死自己，他死了，他又活了，他被生产了出来。

一位法国画家来访，女房东把客人带到前厅，堆满东西的房间又乱又脏。克林索尔来了，袖子上染着颜色，脸上也染着颜色，蓬头垢面地迈着大步穿过房间。陌生人传达了巴黎和日内瓦朋友们的问候，表达了自己的尊敬之情。克林索尔不停地走来走去，似乎什么也听不见。客人犹豫地沉默下来，打算告辞，这时克林索尔走向客人，把沾满颜料的手搁在他肩上，直视着他的眼睛说道："谢谢您。"他吃力地慢慢往下说着，"感谢您，亲爱的朋友。我在工作，我就不能够讲话。人们总是说得太多，总是这样。请您别生我的气，也请您代为问候我所有的朋友，请转告他们，我爱他们。"说完就再次消失在另一间房里。

这些可怕的日子终于结束，克林索尔把完成的肖像画安放在从未动用过的空厨房里，锁上了房门。他生前没给任何人看过这幅画。接着他服下安眠药，整整睡了一个白天和一个黑夜。随后他洗澡，刮脸，穿上新衬衫和外衣，驱车进城采购了送吉娜的水果和香烟。

（1920 年）

我的传略

第一次世界大战后的几年中，我曾两度以童话风格和半带嘲讽的方式对自己的生平作了尝试性的概括总结，当时我的朋友们都认为我有点像一个谜。我选中的第一次尝试就是《魔法师的童年》，现在保存了部分片段。另一次尝试是以让·保尔为样本大胆地写了预示未来的《虚拟传略》，刊载于一九二五年在柏林出版的《新评论》杂志上。后来出版单行本时只作了一些无关紧要的修改。多年来我一直计划把这两篇在风格和情调上截然不同的作品予以合并，却无论如何也找不到能够调和的途径。

　　在新时代的末年，中世纪即将复活之前，在爱神的光芒的照耀和保护下我来到了人世。我诞生在七月一个温暖的将近黄昏的时刻。我出生时的温度正是我毕生所本能地喜爱和追求的，缺少了它，我定会感到痛苦。我不能在寒冷的国度里生活，我一生中凡是自愿的旅行都是朝南的。我是虔诚的双亲的儿子，我温顺地爱他们，倘若人们没有老早教会我第四诫[1]，我会更温顺地爱他们。但是告诫往往对我有不幸的影响，尽管它非常正确又非常的怀有善意——我是生来像羔羊般温顺，又像肥皂泡那么易于操纵，却反对任何形式的告诫，尤其在青年时代，这种告诫总引起我倔强的反抗。我只要一听到"你应该怎样怎样"就立即转过身子，变得顽固不化。人们可以想象，这种个性在我的学生时代给予我多么巨大的不利影响了。老师们确实教我们学习了那有趣的、称之为世界史的课程，告诉我们世界是由某一些人统治、支配和改变的，这些人制定自己的法律以区别过去遗留下来的法律；告诉我们，这些人是值得崇敬的。但是这个课程

---

1 《圣经》中摩西十诫之第四诫，要求孩子孝敬父母。

也像全部其他课程一样都是欺骗人的，因为只要我们之中有一个人，不管出于好意或恶意，敢于反对某一项告诫，或者仅仅是反对某一种愚蠢的习惯或什么正在时兴的事情，那么他不但得不到尊敬，成不了模范，还要受到惩罚和嘲笑，甚至被那些极怯懦的教师压得喘不过气来。

我很幸运早在学生时代开始之前就已经学到对生活有重大意义和价值的东西。我有清醒的、细致的和温柔的感觉。凭着这些感觉，我得以汲取许多乐趣，即使当我后来受到形而上学的吸引，无可救药地陷入其中时，甚至当我的意识受到抑制和疏忽时，那种细腻地形成的感受能力，也即是和人们的视、听有关的能力，也总能忠实地在我身上保存下来，以致使那些看来十分抽象的东西，也总是生动地活跃在我的思想世界中。正如我刚才所说，早在我开始学生时代的多年以前，我就已经掌握人生必需的那种知识了。我熟悉我们的家园故土，熟悉那些鸡舍、树林、果园以及手工业作坊，我认识树木、鸟类和蝴蝶，我会唱歌，会吹口哨以及其他许多对于人生有价值的事情。现在又加上了学校的知识，它们让我觉得津津有味。尤其是拉丁语让我感到了真正的兴趣，我早年用拉丁文写诗就像用德文写诗一般。而我说谎和外交的本领却要归功于第二学年的一位教师和一个职员，他们带给我这种能力。那时候由于我的天真开朗和轻信别人对人对己都造成了不幸。这两位教育者成功地对我进行开导，因为他们并不想从同学们身上找寻诚实和热爱真理的品性。他们把班上发生的一件实际上毫不重要的恶事硬栽在我头上，而我是完全无辜的。当他们没有能够逼我承认自己是肇事者时，他们就把一件小事拿到整个班上审判。他们确实没有用拷问和殴打取得预期的供认，却使我丧失了对一切师道尊严的信仰。感谢上帝，随着时间的消逝我也学会了认识真正值得尊敬的教师，但是发生了这种伤害之后，使我不仅和学校教师们的关系，而且和一切权威人士的关系全都变得苦恼和不正常了。总的说来，我在最初的七八个学年中是一个好学生，至少总是在班上名列前茅的。直到那些斗争开始（这是无法避免的，也由于我的个性关系），我和学校当局的冲突才越来越多。待我真正了解这些斗争的含意，已是二十年后的事了，当时的情况很简单，他们违反我的意志，把我卷了进去，好像发生了什么可怕的灾难。

事实上，我从十三岁开始就明白自己要不是成为诗人，那就什么也当不成。但是针对这一明确的看法却逐渐产生了另一种令人痛苦的认识。人们可以当教员、牧师、医生、工匠、商人、邮政人员，也可以当音乐家、画家或者建筑师，世界为这一切职业铺平了道路，提供了先决条件，也就是有学校为全部初学者启蒙。只有诗人没有这样的条件！世界允许人们成为诗人，甚至当一个诗人得到成就和名气之后，给予他高度荣誉，可惜大多数人都是壮志未酬而身先死。我不久就觉察到自己要成为诗人是不可能的，连这样的愿望也是可笑和可耻的。我也很快从现实情况中学习到，只有诗人才是诗人，而不可能学着当诗人。此外，我对文艺的爱好和个人的文学才能引起了教师们的怀疑，因而导致猜疑、嘲笑，甚至经常受到极端的侮辱。诗人的命运和英雄的命运完全相同，就像一切强壮、美丽、勇敢和不平凡的人物和业绩一样，他们在历史上是极壮丽的，所有的教科书对他们交口赞美，但在当前、在现实中，他们却遭到憎恨，大概这些教师受雇佣和训练，恰恰就是因为要他们尽力去阻碍出色的自由人物的成长，阻碍伟大的光辉业绩的产生吧。

因此，我在我和我的远大目标之间所看到的只是深渊而已。对我来说，一切都变得不确切，一切都变得毫无价值，仅存一个事实：我要成为一个诗人，不管是难是易，都要受到嘲讽和赞美。这一决心的形成——倒不如说这一命运——导致了下述结果：

我十三岁那年，那场冲突刚开始不久，我的行为使我不论在家庭，还是在学校都希望把我放逐到另一个城市的一所拉丁语学校去。一年之后我成了一所神学校的学生，学习写希伯来语字母，而当我几乎已经掌握何谓 dagesch forte implicitum[1] 之意时，突然心血来潮，逃离了神学校，结果受到严厉的禁闭和开除学籍

1　dagesch，希伯来语；forte implicitum，拉丁语，均为"重读"之意。

的处罚。

后来我到一所普通中学用功了一段时间，使我的学业有所进步，可是我在那里的结果也仅仅是禁闭和开除学籍。接着在一家商店当了三天学徒，随后又私自逃走，让双亲因我的失踪而担了几天几夜的心。接下来我给父亲当了半年助手，又在一家机械工厂和一家钟表工厂当了一年半学徒工。

总之，四年多的时间中我的一切都是命里注定的，都是该倒霉的，没有学校愿意收留我，没有一门学业能坚持到底。任何一种把我培养成材的尝试，结果总归是失败，发生了一次次耻辱和丑闻，到头来不是逃走就是被开除，然而不论在何处，人们都承认我很有天分，甚至不得不说我有一定程度的诚实愿望。我始终不大勤奋，总是怀着那种羡慕高贵的惰性，但是我永远不会成为他们中的能手。我从十五岁开始，当我无学校可进时，就一心一意地自修。我很幸运和快乐，因为在我父亲的屋子里有祖父的丰富藏书，整个大厅里全是古老的书籍，其中也有十八世纪的全部德国文学和哲学书籍。在我十六岁和二十岁之间，不仅在大量纸张上写满了我最初的诗歌习作，而且也在那几年中读完了一半的世界文学，还顽强地钻研艺术史、语言和哲学，收获之丰富绝不亚于正规的课堂学习。

后来为了能够独立谋生，我成了书商。我和书籍的关系比起与老虎钳和齿轮的关系要好得多，我当机械工人真是受折磨。最初一段时间我游弋于那些新的、最新的文学书籍的海洋中，那高涨的潮水，几乎令我心醉神迷。但是过了一段时间后，我很自然地发觉，一个人的思想只停留在当代，停留在新的、最新的书籍之中，对于人的精神生活是无益的，只会使精神生活贫乏，只有和过去的事、历史、古老的以及原始的事维持经常联系才可能存在真正的精神生活。于是我在第一阶段的满足之后，便渴望从新书的汪洋大海中回到古代去，因而我又从新书店转移到旧书铺去。不过职业对于我只是混日子而已，所以总不能维持长久。我二十六岁取得第一批文学成果时，我就放弃了那个职业。

经历了如此众多的风暴和牺牲，现在我终于达到了目的：我居然成了诗人。原先这好像是根本不可能的，事实上这是我同世界进行了长期的坚韧斗争所得的胜利。我在学校年代和成长岁月里的种种灾难，常常几乎使我濒于毁灭，现在都已成为过去，可以一笑置之，连那些曾认为我无可救药的亲戚和朋友，现在也朝我亲切微笑了。尽管我干的是最愚蠢和最无价值的事，我还是胜利了，而且看到别人也像我自己那样为我的成功而兴高采烈。直到这时我才发觉自己多年来始终生活在何等可怕的孤独、禁欲和危险之中，受尊重的温暖气氛使我舒适，我开始成为一个满足的人了。

于是我的表面生活有一段时间过得很美好，又平静又舒适。我有妻子、儿女、房屋和花园。我写作，被认为是一个可爱的诗人，和世人和平相处。一九〇五年，我协助创办了一份杂志。这份杂志以反对威廉二世政权为主要目标，而我竟没有认真地考虑过这个政治目的。我愉快地游历了瑞士、德国、奥地利、意大利和印度。世上一切似乎都有条不紊。

一九一四年那个夏季来临了，我忽然看到里里外外完全改变了。我发现，一直美好幸福的生活竟建立在不安全的土地上，因此现在开始往下坡走，开始发生巨大的动荡。这个所谓的伟大时代诞生了，我不能说，别人比我对这个大时代更有准备，对待得更恰当、更好。当时我和别人的区别仅仅是我对此缺乏伟大的温情，而别人却那么满怀热情。因而我再度成了问题，和周围世界产生了矛盾，我得再一次进学校学习，我必须再一次以自己为满足，而忘却周围世界，正是这一次经验，我才跨过门槛进入了生活。

我永远不会忘记第一次世界大战期间那次小小的经历。为了适应已经变化的世界，我想方设法要当一个志愿者，这完全符合我当时的情况。那时我为寻求一种可能性，去拜访了一所规模很大的军医院。我在那所伤兵医院里认识了一位老小姐，她过去在富裕家庭里过一种悠闲的生活，现在却当了护士。她十分激动地告诉我，她居然得以经历这个伟大时代，真是高兴和自豪。我很理解，像她这样的女士是会需要战争的，战争可以让她从懒惰的、完全自私自利的老处女生活中走出来，过一种积极的、有价值的生活。但是当她向我陈述她的幸福时，走廊里躺满了包扎着绷带、身体弯曲的伤兵，病房之间躺满了折手断脚和垂死的人，令我心痛如绞。我很理解这位老小姐的热情，却不能分享，更不能赞同。倘若需要十个受伤者才能产生出这么一位热情的护士，那么为这位女士的幸福付出的代价也未免太高了。

不，我绝不能分享这个大时代的快乐，于是我从战争刚一开始就饱尝苦恼，数年来我绝望地抵御着显然来自外界、降自上天的不幸，而这时我周围世界所发生的一切，对于这同一种不幸却好像充满了愉快的狂热。我读着作家们写的报刊评论，教授们写的号召书以及著名诗人们在书房里炮制的战争诗篇，他们都为战争祝福，这使我变得更为痛苦了。

一九一五年的一天，我公开说出了关于这场灾难的认识，而且表示遗憾，因为连那些所谓有知识的人也不知所措，只晓得宣扬憎恨，传播谎言，还赞颂这场巨大的灾难。我这些相当谨慎小心的控诉引起的后果是，我在自己祖国的报刊上被宣布为叛徒。这对我来说还是一件新鲜事，因为尽管我和新闻界接触很多，但是这种为大多数人排斥的情况，过去却从未经历过。在我的家乡，有二十家报纸转载了那篇抨击我的文章，而我的所有朋友中——我相信许多人和报界有关系——只有两个人敢于为我辩护。有些老朋友通知我说，过去他们在胸前豢养了毒蛇，今后将把赤诚之心奉献给皇上和帝国，再也不受我的堕落论调欺骗。诽谤我的匿名信纷纷寄来，而出版商也通知我说，一个具有如此可鄙意识的作家是他们所完全不需要的。在这么众多信件中，我还看到了一件过去从未见识过的小小工艺品，那是一个小小的圆印章，上面刻着：上帝惩罚英国吧！

人们以为我对这种谬误定然会付之一笑。可是我笑不出来。这一微不足道的小事却是我生平中第二次巨大变化的结果。

人们记得我的第一次变化是我决心让自己成为诗人的片刻。此刻之前一直是模范学生黑塞，此刻之后成了一个坏学生，他受惩罚，被开除，他到哪儿都闯祸，害得自己和双亲忧心忡忡——一切只因为他在这个世界里，不论过去或者现在，他都感觉不到有任何和解的可能性，现在，同样的情况在战争年代又重演了。我再度看到自己同一直和平相处得好好的世界发生了矛盾。一切似乎又沦为失败，我又变得孤独和痛苦，我所讲的和写的一切又被别人满怀敌意地误解了。在现实和我认为是希望、理性和善良的事物之间，我又看见了一道无法逾越的鸿沟。

　　这一回我不能再逃避反省了。没多久我就痛苦地发觉，要解脱令我烦恼的罪责不能求诸外界，只能依靠自己。因为我确实了解，无论人或神都没有权利责备这整个世界的疯狂和野蛮，尤其是我，更无权利。倘若我对抗这整个世界的潮流，那么必然会首先引起我自身的各种各样紊乱。显而易见，事实上确实存在着一场大紊乱。可是清理这种紊乱，并寻求整顿，却不是愉快的事。因为首先明摆着一件事实：我和整个世界都曾生活于其中的美好和平，现在不仅要我付出过高的代价，而且也像世界的表面和平一样早就腐败变质了。我曾相信，由于青年时代的艰苦奋斗，我在社会上获得地位，并且已经是一位诗人了。我因成功和顺境的正常影响，曾经非常满足和懒散，而当我仔细观察时，我发现诗人和通俗作家几乎没有什么区别。我的好时光消逝了，现在正面临逆境，而它却往往是良好和有活力的学校，现在处处是忧患，我因而学习了很多很多，懂得世界上的矛盾冲突应该听其自然进行，也才能够在全部的混乱和罪行中从事自己的一份工作。这份工作就是我留给读者的许多文章。我总暗暗抱着希望，随着时间的消逝，希望我的民族，虽然不是全体，却有很多很多觉醒的和有责任感的个人会作出相似的检查。除了谴责和谩骂可恶的战争、可恶的敌人和可恶的革命，还要由成千上万颗心提出问题：我是如何参与罪行的？我还能变成无罪吗？要是人人都能认识自己的烦恼和罪过，并且与之一刀两断，而不是只在别人身上寻找罪过，那么他们随时随地就能变成无罪的。

当这种新的变化在我的著作和生活中开始表现出来时，我的许多朋友都大摇其头，许多人甚至抛弃了我。伴随我的变化接踵而来的生活景象是，我丧失了我的房屋、我的家庭以及其他一切财产和舒适之物。那个时期里，我每天和过去告别，而且每天都惊讶自己居然还能够忍受下去，还总是活着，同时还总是在这种罕见的生活中爱着一些什么。然而这种生活对我似乎只是带来痛苦、绝望和损失。

此外，我还要补充一个情况：即使在战争期间，我也像是有神灵保佑而福星高照似的。当我由于烦恼而感到十分孤独，直至变化开始之后，我时刻感觉自己命运不济，我诅咒烦恼，却为烦恼所支配，但它同时也成为我抵御外界的甲胄和铁罩。我也就是在这样一种可怖的充满间谍行为、行贿技巧和投机艺术的政治环境里度过了战争的岁月。当时这种环境只存在于地球上极少数地方，那就是伯尔尼，这里成了德国、中立国和敌对国三方的外交中心。这个城市转眼之间变得人口过密，而且来的全都是道道地地的外交官、政治掮客、间谍、新闻记者、囤积者和奸商。我生活在外交官和军人之间，我和许多国家甚至和敌对国家的很多人交往，由间谍和反间谍、密探、阴谋、政治的和个人的事业所织成的网紧紧包围着我，而我在那几年中对这一切竟浑然不觉！我被偷听、被监视、被侦探，有时候被怀疑是敌人，有时候被看作中立者，有时候又被看成同胞，而我自己却全然不觉，很久之后才从各方面听说这些情况，我自己也纳罕，竟能安然无恙地在这种环境中活下来。不过这些都已成为往事了。

随着战争的结束，我的变化以及我那已达考验的顶点的烦恼也结束了。这些烦恼同战争以及世界的命运再也不相干。德国战败了，其实我们在国外的人两年来早就预料会有这个结局，所以此刻毫不惊讶。我完全沉湎于自己内心和个人的命运之中，尽管我往往觉得这好像和一切人的命运都有关。我在自己身上又重新看到了世界上一切战争和谋杀欲，看到了一切轻狂，一切粗俗的享乐，一切胆小怯懦，于是首先就丧失了对自己的尊重，然后又失去了鄙视自己的能力，我除了静候这场大混乱收场之外，别无他法。我常常满怀希望，常常又濒于绝望，我在混乱的对面又重新找到了自然和纯洁。每一个觉醒的人，真正觉醒了的人都要一次或多次穿过荒野走这条狭窄的小路——何必对别人谈这些话呢，恐怕是多此一举。

当朋友们对我不忠诚时，我时常感到悲伤，却不是愤怒，并常常因而更坚信自己所走的道路。而我这些从前的朋友也完全有理由说，我从前是一个富有同情心的人，一个诗人，现在则因自己的问题变得简直让人受不了。当时我早就不去考虑什么艺术趣味、什么个人性格等问题了，那时我认为没有一个人理解我讲的话。朋友们责备我，说我的作品丧失了优美与和谐，他们也许是对的。但是我只感到这些话可笑——对于一个判处了死刑的人，对于一个为生活而奔波于断垣残壁之间的人有什么优美和谐可讲呢？难道我已背叛了自己毕生的信念，根本就不是诗人了吗？难道我从事的全部美学活动都是错误的？为什么不是呢？连这个问题也是无关紧要的。我在这次地狱之行的征途中所见到的大多是欺骗和无价值之物，也许这也是我的职务和才能所形成的错觉吧！当然，这也是微不足道的！而我曾经满怀虚荣和天真喜悦看作是自己使命的东西，也不复存在了。我看到更能挽救我使命的，早就不再是在诗歌、哲学或者任何其他专门史的范畴之内，它们只是给我心中留下了若干真正富于生命力的和强大的东西，它们只是绝对忠实地保存了我还觉得有生气的若干东西。这就是生命，这就是上帝。——几年之后，当这种高度紧张和危险的时期过去之后，再看这一切便全然不同了，因为当时的内容和名称已经完全无意义，前天还是神圣的事，今天听来已经变得几近滑稽可笑了。

等到战争对我来说也终于结束时，已是一九一九年春天了，我迁居到瑞士一个偏僻的角落，当了隐居者。由于我一生都热衷于研究印度和中国的智慧（这是我双亲和祖父母的遗产），而且我的新经历一部分也是用东方的形象语言加以表达的，因此常常有人称呼我是一个"佛教徒"，对此我只是一笑置之，因为从根本上看我对佛教简直是毫无所知。不过这么称呼我也有一些道理，其中隐藏着一点真理，这是我稍后才渐渐明白的。可以设想，倘若要求一个人自己选择宗教，那么我一定会从内心深处渴望加入一个保守的宗教，例如儒教、婆罗门教或者罗马天主教。我之所以这样是因为我渴望一种极端，而并非出于天生的亲缘关系，因为我不仅偶然生在虔诚的新基督教徒家庭，而且我的性情和本质很合于一个基督徒（至于我现在对基督教义有深刻反感，这是不相矛盾的）。真正的基督徒可以像反对其他别的宗教一样反对自己的宗教，因为他的宗教的本质告诉他，发展应比存在更加予以肯定。就这一意义来说，佛似乎也就是基督徒吧。

自从大战引起的那次变化以后，我对自己的诗人地位以及对文学工作价值的信念都连根拔起了。写作不再带给我真正的欢乐。但是一个人终究需要有欢乐的，我无论怎么困难也要求得到一点欢乐。我可以放弃生活中和世界上的一切正义和理性，我看得很清楚，没有这些抽象的东西世界也同样优美，但是我不能放弃一点点欢乐，相反我还要追求这一点点欢乐，它在我心中点燃起那一朵小小的火焰，给予我信心，使我想到从这朵小小的火焰里再重新创造世界。我常常从一瓶葡萄酒中寻找我的欢乐、我的梦幻和我遗忘的东西，它常常给予我很大的帮助，真应该赞美它。不过这是远远不够的。你看，有一天我发现了一种全新的欢乐。我已经四十岁了，却突然开始学画。我并不认为自己是个画家，或者将成为一个画家。但是绘画本身是一件美妙的事，它能使你更为快乐，更有耐性。绘画不像写字会沾一手黑墨水，倒是会沾上红色和蓝色。我学习绘画也使许多朋友不高兴。我不予理睬——事情总是这样，但凡我做了一些自己感到需要的、幸福的和美好的事情，这些人总要不高兴。他们希望别人永远是原来的面貌，不允许有丝毫改变。可是我不接受，只要自己感到需要，我会常常改变自己的。

也有人对我作另一种责备，似乎也十分正确。他们指责我缺乏现实的感觉。他们说我写的诗、作的画都不符合现实。我写书的时候常常忘记有教养的读者对一本正确的书提出的一切要求，而且不尊重现实。我觉得现实最不需要人们充分去注意，因为现实存在自身就够麻烦的了，而要求我们注意和思虑更美好和更必要的事情，才是永远客观存在的。人们生活于现实中永远不可能满意，如同人们在任何情况下都不可能崇拜和尊敬现实一般，因为现实是一种偶然性，是生命的垃圾。对于这种可怜的、令人失望和荒芜的现实，我们除了否定它之外，别无选择。与此同时，我们显示了我们比这种现实更强有力。

人们屡屡指责我的诗歌中丧失了对现实的最普遍的尊敬，而在我绘画时，树都有脸，房子在笑或者在跳舞，在哭泣，但是那棵树究竟是梨树还是栗树，却多半看不出来。我必须接受这个批评。我承认，连我自己的生活也经常很像是一个童话，我时常看见和感到外部世界和我的内在世界是密切关联和协调的，我必须把它称之为有魔力的。

　　我还好几次做了傻事，例如有一次我对著名诗人席勒发表了一些无伤大雅的言论，因而立即招致南德全部九柱戏球俱乐部发表声明，骂我是神圣祖国的亵渎者。不过现在我已学乖，多年来再也不发表任何有渎圣贤和惹人恼怒的言论了。我认为这是自己的进步。

　　由于目前这种所谓的现实对我来说毫不重要，由于过去常常像现在一样充满在我内心，而当前却似乎无限遥远，所以我也不能够像多数人那样，把未来和过去作截然的分割。我常常生活在未来之中，所以我也没有必要把我的传记结束在当前的日子，而是听任它安宁地继续向前进行。

我将简要地叙述我一生的轮廓。迄至一九三〇年我写了一些著作，目的是以后永远放弃这个行业。问题在于我是否算作一个诗人。两位用功的年轻人在两篇博士论文中对此进行了研究，但是没有给予解答。其结果就是对当代文学作了谨慎的观察，发现造就诗人的那种液体在当代还只是处于极其稀薄的状态，于是在诗人和文学家之间几乎看不出什么区别。由于这一客观鉴定，导致这两位博士学位申请者得出完全对立的结论。有一位青年是比较有同情心的，他认为这等可笑而浅薄的诗实在算不上是诗，同时作为赤裸裸的文学也实在没有存在价值，至于今天还称之为诗的那些东西，还不如让它们静静地死去！另一位青年是一个诗歌的绝对崇拜者，即使在极其稀薄的状态下也同样崇拜，因此他的意见是，谨慎小心地评价一百个非诗人，也比不公平地错误判断一个真正诗人为好，因为他可能有一滴真正巴那萨斯[1]的血。

---

1 巴那萨斯，古希腊中部山名，相传系司文艺的缪斯女神所居之处，常用以象征诗人。

我先是主要从事于绘画和研究中国魔术，但尔后几年中又渐渐沉浸于音乐之中。我晚年的野心是想写一部歌剧，其中要写的人生很少有所谓的真实性，对这种真实性甚至还要加以嘲讽，还要把它的永恒价值当作画像、当作随风飘扬的服装来加以显示。我经常近乎以魔术来解释人生的，我从来也不是一个"现代人"，而且常常把霍夫曼的《金罐》，或者甚至是《亨利希·封·奥夫特丁根》当作较之所有世界史和自然科学史（更确切地说，我也时常从这些书中读到极为吸引人的寓言故事）更有价值的教科书。现在我又开始了一个生活时期，在这个时期里不断地发展和区别一个完整的、又有充分差别的性格已经毫无意义，代替它的课题是，让有价值的自我重新在世界中沉沦，同时面对暂时性让自己列入永恒而超越时代的秩序中。要表达这种想法或者表达这种生活气氛似乎只有用童话方式才可能实现，而我认为歌剧是童话的最高形式，这大概是因为我不再真正相信那种遭到滥用和濒死的语言具有语言魔力的缘故吧，不过音乐在我眼中仍是一棵生气勃勃的树，它的树枝上今天也能够结出天堂的果实。我想在我的歌剧中写出我在以往的文学著作中从未完全成功地表现过的东西：我要给人类生活带来高尚和喜悦的意义。我将赞美大自然的纯洁和无穷无尽，并表现它的全部过程，表现它如何从不可避免的烦恼而强迫转向内在精神，转向远隔的相对极，同时开朗、轻松和完美地表现生活如何在自然与精神这一对相对极之间颤动，如同表现一道粲然的长虹。

可惜我从未能完成我这部歌剧。它的遭遇和我的诗歌的遭遇一模一样。我不得不放弃我的诗歌，因为我看到《金罐》和《亨利希·封·奥夫特丁根》中把我认为值得一讲的重要东西，早已比我能做到的清楚一千倍地讲明了。我的歌剧情况也同样。正当我花了好几年工夫把音乐上的许多问题研究清楚，歌词草稿也大部分完成之后，当我再次尽量深入地推敲这部著作的意义和内容时，我突然觉察到，自己这部歌剧实在没有可追求的，因为《魔笛》[1]中早就美妙地解决了

---

1 《魔笛》是奥地利著名作曲家莫扎特的歌剧。

我要追求的一切。

于是我把这件工作搁置一边，又全心全意地转向实际的魔术实验。如果我成为艺术家的梦想已经落空，如果我的能力既及不上《金罐》，更比不上《魔笛》，那么我生来只好当一个魔术师了。我早就充分探讨了《老子》和《易经》中的东方道路，为了能够确切地认识所谓现实的偶然性和可变性。现在这种现实已通过魔术而成为我的思想，我必须承认自己从中获得了很多快乐。同时我也必须承认，我并不总是把自己局限在人们称之为白色魔术的那个迷人的花园里，而且也每每把我身上那朵生动的小小火焰引向黑色魔术那一边。

当我年逾七十高龄时，有两个大学才刚刚授予我荣誉博士的光荣称号，我却因为用魔术引诱一位年轻小姐而受到法庭审判。我在监狱中请求允许自己绘画，得到了批准。朋友们给我送来了颜料和画具，于是我在狱室的墙上画了一幅小小的风景画。就这样，我再度回到了艺术世界，我曾作为艺术家体会过一切沉船的滋味，却丝毫不能阻挡自己再一次满饮这一杯香甜的美酒。我又像一个玩耍着的孩子，在自己面前筑起一座小小的可爱的游乐世界，让自己的心从中得到满足，我再度抛弃一切智慧和抽象，而探索创造万物的原始喜悦。于是我又开始绘画，我调和颜料，我浸润画笔，我再度怀着狂喜汲饮所有这些无穷无尽的魔术：我把色调明朗快乐的朱红色，把丰满纯净的黄色，把深刻动人的蓝色，把这一切色调混合的音乐融入最遥远、最浅淡的灰色之中。我幸福而孩子气地从事我的创造游戏，就这样在我牢房的墙上绘了一幅风景画。这幅画几乎包含了我一生中所有使我得到欢乐的东西，有河流、山谷、海洋和云彩，还有正在收割的农民以及其他许多我喜爱的美好事物。这幅画的正中还有一条小小的铁路向外延伸，它往上伸向一座山峰，尽头处就像苹果里的蛀虫似的钻进了山里，火车头也驶进了小小的隧道，从那拱形洞口处冒着一股烟雾。

　　我的游戏从未像这一回使我如此入迷。我忘乎所以地回到艺术中去，不仅忘记了自己是一个犯人、被告，除了终身监禁外看不到还有其他前途，我甚至常常忘记自己的魔术练习，当我用一支细小的笔画出一棵小小的树、一朵淡淡的云彩时，便觉得魔术师的职业我已经厌烦了。

与此同时，我在事实上已经把所谓现实完全破坏了，我的一切努力，我的梦想受到嘲讽，并且一再遭到毁灭。几乎每天都有人来唤我，在监视之下把我带到非常可憎的地方去，那儿，在一摞摞纸张中间坐着些非常可憎的人，他们质问我，他们不愿意相信我，他们粗暴地呵斥我，一会儿像对待一个三岁儿童，一会儿又像对待狡猾的犯人似的对待我。人们想要认识这个由办事处、纸张、公文所组成的奇特的、真正地狱一般的世界，并不需要当被告。在人类不得不以奇怪的方式创造出来的一切地狱中，这一个地狱在我看来是最可怕的。只要你想迁居、结婚，想申请护照或者户籍本，你就站在这个地狱之中了；你必须在这缺乏空气的纸张世界中度过许多不愉快的钟点，你不得不受到那些无聊的、却又匆忙而可憎的人们的盘问、呵斥；你发现，连那些最简单、最真实的陈述也得不到他们的信任，他们会像对待一个顽童，或者对待一个犯人般的对待你。是的，这是每个人都知道的。若是没有我的画具不断安慰我，满足我，若是没有我的图画、我的美丽的小风景带给我新鲜空气和生命，我早就在这个纸张的地狱里窒息与枯萎了。

有一次我正站在狱中这幅画前时，看守又送来了那无聊的传票，要把我从幸福的工作中拉开。那个时期，我对世上一切繁忙活动和整个蛮横而无聊的现实感到非常倦怠，甚至有点儿厌恶了。我觉得当时正是结束我的苦恼的时候。如果不许我清清静静地玩我的纯洁无辜的艺术家游戏，那么我只能献身于我一生中曾为之服务了那么多年的那种更严肃的艺术了。没有了魔术，这个世界便会是不堪忍受的。

我想起了中国的一个准则，屏息一分钟，然后把自己从现实的幻觉中解救出来。于是我和蔼地请求看守们稍候片刻，因为我必须登上我画中的小火车去察看察看。他们像惯常那样笑了，认为我已神经错乱。

这时我变小了，走进了我自己的画中，我登上那列小火车，和它一起钻进了黑色的小隧道中，片刻间还可以看到从那圆洞里冒出白色的烟雾，但是一转眼就不见了，而那整幅画连同我本人也都无影无踪了。

看守们不知所措地站在那里。

童年轶事

几天以来，远处棕色的树林就已经闪烁着一种明朗的翠绿光彩；今天我在莱顿斯推格的小路上发现了第一批微绽的樱草花花蕾；湿润晴朗的天空中梦幻似的飘浮着轻柔的四月云；那片广阔的、尚未播种的棕色田地晶莹闪烁，在温煦的空气中有所期待地向远处伸展，好似在渴求创造，让它那沉默的力量在成千上万个绿色的萌芽中、在繁茂的禾秆中得到检验、有所感受并得到繁衍。在这温柔和煦、刚刚开始变暖的气候里，万物都在期待、萌芽、充满了梦幻和希望——幼芽向着太阳，云彩向着田野，嫩草向着和风。

　　年复一年，我总是满怀焦躁和渴求的心情期待这个季节的来临，好似我必须解开万物苏醒这一特殊瞬间的奇迹的谜，好似必须出现这样的情况，使我有一个钟点的时间得以极其清晰地目睹、理解和体会力量和美的启示，要看一看生命如何欢笑着跃出大地，年轻的生命如何向着光亮睁开它们的大眼睛。

年复一年，奇迹总是带着音响和香味从我身边经过，我爱着、祈求着这种奇迹——却始终没有理解；现在，奇迹已在眼前，但我却没有看见它是如何来临的，我看不到幼芽的外衣如何裂开，看不到第一道温柔的泉水如何在阳光下微微颤动。

突然间，到处是一片繁花似锦，树木上点缀着明晃晃的叶子，或者是一朵朵泡沫般的白花，鸟儿欢唱着在温暖的蓝天上划出一道道美丽的弧形。虽然我不曾目睹奇迹是如何来临的，但是奇迹确实已经变成了现实。枝叶繁茂的树林形成了拱形，远处的山峰在发出召唤。到时候了，快快准备好靴子、行李袋、钓竿和船桨，去尽情享受新一年的春天吧，我觉得，每一个新的春天总比上一个更为美丽，但是也总比上一个消逝得更为迅速。——从前，我还是一个孩子时，那时的春天多么的漫长，简直是没有尽头！

一旦我有了数小时的闲暇，就会觉得满心的欢喜，我就会久久地躺卧在湿润的草地上，或者爬到附近的树上，攀着树枝摇荡，一面闻着花苞的香气和新鲜的树脂味，一面观望着眼前盘绕交错所形成的蓝绿相间的枝叶网。我像一个梦游者，仿佛回到了自己的童年时代，正在极乐的花园里当一个安静的客人。但是要再度回到过去，呼吸早年青春时代的明净的清晨空气，或者能够看一看上帝是如何创造世界，即使是看一眼也好，就像我们在童年时期所曾看见过的那样——当时我们曾目睹某种奇迹是如何施展它的美丽的魅力，这一点目前来说，无疑是很难做到的，而且简直是太诱人了。

树林逐渐往上延伸，十分快乐而顽强地耸立在空气中，花园里，水仙花和风信子艳丽多彩；那时我们认识的人还很少，而我们遇见的人对我们都是又温柔又亲切，因为他们看见我们光滑的额头上还保留着上帝的神圣气息，对此我们自己却一无所知，后来我们在匆匆忙忙的成长过程中，便逐渐不自觉地、无意识地丢失了这种气息。

我曾是一个十分顽皮而任性的顽童，从小就让父亲为我大伤脑筋，还让母亲为我担惊受怕，操心叹气！——尽管如此，我的额头也仍然闪烁着上帝的光辉，我所看到的一切都是美好生动的，而在我的思想和梦境中，即便并非以十分虔诚的形式出现，但天使、奇迹和童话却总像同胞兄妹般在其中来来去去。

从童年时代起，我就总是让自己的回顾同新开垦的田地的气息和树林里嫩绿的新芽联结在一起，让自己回到春天的故乡，让自己觉得有必要再回到那些时刻去，那些我已淡忘、并且不理解的时刻去。目前我又这么想着，而且还尽可能地试图把它们叙述清楚。

我们卧室的窗户都已关闭，我迷迷糊糊地躺在黑暗中，静听身边酣睡着的小弟节奏均匀的呼吸声。我很惊讶，因为尽管我闭着眼睛，眼中却不是一片漆黑，而是看见了各种色彩，先是紫色和暗红色的圆圈，它们持续不断地扩大，然后汇入黑暗之中，接着又从黑暗深处持续不断地重新往外涌出，而在每一个圆圈边缘都镶上了一道窄窄的黄边。我同时还倾听窗外的风声，从山那边吹来的懒洋洋的暖风，轻轻吹拂着高大的白杨树，树叶簌簌作响，屋顶也不时发出沉重的吱吱嘎嘎的呻吟声。我心里很难过，因为不允许孩子们夜里不睡觉，不允许他们夜里出去，甚至不允许待在窗前，而我想起的那个夜晚，母亲恰恰忘了关闭我们卧室的窗户。

那天晚上半夜时分我惊醒过来，悄悄地起了床，胆怯地走向窗户，我看见窗户外面格外明亮，完全不是像我原先所想象的那样，一片漆黑和黝黯。窗外的一切都显得朦朦胧胧，模糊不清，巨大的云块叹息着掠过天空，那些灰蒙蒙的山峦也似乎是惴惴不安，充满了恐惧，正竭尽全力以躲避一场逐渐逼近的灾难。白杨树正在沉睡，它看上去十分瘦弱，几乎就要死去或者消亡，只有庭院里的石凳、井边的水池以及那棵年轻的栗子树仍还是老样子，不过也略显疲惫和阴暗。

我坐在窗户前，眺望着窗外变得苍白的夜世界，自己也不知道过了多长时间；突然附近响起一只野兽的嗥叫，是一种令人毛骨悚然的号哭声。那也许是一只狗，也许是一只羊，或者是一头牛犊，叫声使我完全清醒过来，并在黑暗中感到恐惧起来，恐惧攫住了我的心。我回到卧室，钻进被窝，心里思忖着，是不是应该哭一场。但是我还没有来得及哭泣，便已沉沉入睡了。

如今外界的一切大概仍然充满神秘地守候在关闭的窗户之外吧？倘若再能够向外面眺望眺望，那该是多么美丽而又可怕啊！我脑海里又浮现出那些黝黯的树木，那惨淡模糊的光线，那冷清清的庭院，那些和云朵一起奔驰的山峦以及天空中那些苍白的光带和在苍茫的远处隐约可见的乡村道路。于是我想象着，有一个贼，也许是一个杀人犯，披着一件巨大的黑斗篷正在那里潜行；或者有一个什么人由于害怕黑夜，由于野兽追逐而神经错乱地在那里东奔西跑。也许有一个和我年龄相仿的孩子在那里迷路了，或者是离家出走，或者是被人拐了，或者干脆就没有父母，而即使他这时非常勇敢，但也仍然会被即将到来的夜的鬼怪杀死，或者被狼群所攫走；也许他只是被森林里的强盗抓去而已，于是他自己也变成了强盗，他分得了一柄剑，或者是一把双响手枪，一顶大帽子和一双高筒马靴。

　　我只要从这里往外走出一步，无意识的一步，我就可以进入幻想王国，就可以亲眼看清这一切，亲手抓到这一切，所有目前仅仅只存在于我的记忆、思想和幻想中的一切。

　　但是我却没法入睡，因为就在这一瞬间，一道从我父母的卧室射出的淡红色的光芒，透过我房门上的钥匙孔向我照来，颤动的微弱的光线照亮了黑暗的房间，那闪烁着微光的衣橱门上也继而出现了一道锯齿形的黄色光点。我知道父亲正回房来睡觉。我还听见他穿着袜子在房间里来回走动的轻轻的脚步声，同时还听到他那低沉的说话声。他在和母亲说着什么。

　　"孩子们都睡了吧？"我听见他问。

　　"啊，早就睡了。"母亲回答说，我感到害羞，因为我还醒着。然后静默了片刻，可是灯光仍然亮着。我觉得这段时间特别长，渐渐地睡意爬上了我的眼睛，这时我母亲又开始说话了。

　　"你听说布洛西的情况了吗？"

　　"我已经去探望过他，"父亲回答说，"黄昏时我去了一下，那孩子真是受尽了折磨。"

"情况很严重吗？"

"坏极了。你看着吧，春天来临时，他就要离开人世。死神已经爬到了他的脸上。"

"要不要让我们的孩子去看看他？也许会对他有些好处。"母亲问。

"随你的便吧，"父亲回答说，"不过我看也没有必要。这么点儿的小孩懂得什么呢？"

"那么我们休息吧。"

"嗯，晚安。"

灯光熄灭了。空气也停止了颤动。地板上和衣橱门上又归于黑暗。可是我一闭上眼睛便又看见许多镶着黄边的紫色和深红色圆圈在旋转翻滚，并且在越转越大。

双亲都已入睡，周围一片寂静，而我的心灵在这漆黑的深夜突然变得激动起来。父母所说的言语，我虽然似懂非懂，却像一枚果子落进水池而荡起的涟漪，于是那些圆圈急速而可怕地越转越大，我这不安的好奇心也为之颤动不已。

我父母谈到的那个布洛西，原来已经在我的视界内几乎完全消失，至多也只是一个淡薄的、几近消逝的记忆而已。我本来已忘记这个名字，苦苦思索后终于想起了他，慢慢地在脑海中浮现出他那生动的形象。最初我只是想起，过去有一度常常听到这个名字，自己也常常喊叫这个名字的。我好像记得，有一年秋天，曾经有一个人送给我一个大苹果。这时我才终于想起来了，这个人就是布洛西的父亲。猛然间，我便把一切都清楚地回忆起来了。

于是，我面前浮现出一个漂亮的孩子，他比我大一岁，个儿却比我矮小，他名叫布洛西。大概一年前他父亲成了我们的邻居，而布洛西也成了我们的伙伴，然而，我的追溯并非由此开始。他的形象又清楚地在我眼前重现：他经常戴一顶凸出两只奇怪尖角的手织的蓝色绒线帽，口袋里经常装着苹果或面包片，只要大家开始感到有点儿无聊时，他常常会想出新点子、新游戏和新建议。他即使在工作日也总穿一件背心，这使我十分羡慕。从前我猜想他力气不会很大，直到他有一次揍了村里铁匠家的儿子巴兹尔，因为巴兹尔竟敢嘲笑他母亲亲手织的那顶尖角帽，揍得狠极了，以致我很长一段时间看见他就害怕。他有一只驯养的乌鸦，秋天时由于喂了过量新收获的土豆而撑死了。我们为它举行了葬礼。棺材是一只盒子，因为盒子太小，总也盖不严。我致了一通悼词，活像一个牧师，当布洛西听得出声哭泣时，我那小弟竟乐得哈哈大笑，布洛西便动手揍我的小弟，我当即又回揍了他。小弟弟吓得在旁边大声哭嚎，我们就这样不欢而散了。后来布洛西的母亲来到我们家，说布洛西对这事很后悔，希望我们明天下午去他家，准备了咖啡和点心，点心都已烘烤好了。喝咖啡时布洛西给我们讲了一个故事，讲到一半又开始从头讲起，这个故事我虽然已完全忘记，但想起当时的情景却常常忍俊不禁。

这仅仅是开始而已。我当即又想起了上千件我和伙伴布洛西在这个夏天和秋天里的共同经历，而这一切在他和我们中断来往的几个月中竟然几乎忘得干干净净，如今又从四面八方向我拥来，如同人们在冬天时抛出谷粒，鸟群云集而至一般。

我想起了那个阳光灿烂的秋天上午，木匠家的鹰从停车棚里逃走了。它那剪短的翅膀已经重新长出，终于挣脱锁住双脚的黄铜链子，飞离了黝黯狭窄的车棚。如今它悠闲自在地停在木匠家对面的苹果树枝上，总有十来个人站在大街上仰头望着它，一面议论纷纷地商量着对策。我们这群小孩子，包括布洛西和我，也都挤在人堆里，特别担心害怕，战战兢兢望着那只依然安坐在树枝上的大鸟，而这只鹰也威武凶悍地俯视着底下的人群。

"它不会飞回来了。"有一个人说。可是雇工高特洛普说："倘若它能够高飞，早就飞过山峰和峡谷了。"那只鹰一面仍用爪子紧紧抓住树干，一面好几次扇动翅膀试图飞起来，我们都紧张得要命，我自己也不明白，我究竟更喜欢它被人们重新捉住呢，还是喜欢它远走高飞。最后，高特洛普搬来了一架梯子，木匠亲自登上梯子，伸手去抓他的鹰。那只鹰松开树枝，猛烈地鼓动双翼。这时我们这些小孩子的心咚咚咚地直跳，几乎都要窒息了。我们着魔似的瞪着那只美丽的、不断振动翅膀的老鹰，于是最精彩的时刻来临了，那鹰猛然扇动几下翅膀后，好似发现自己尚有飞翔能力，然后慢慢往上飞去，傲慢地在空中划了一个大圆形，便越飞越高，直至小得好似一只云雀，无声无息地飞向闪烁的蓝天，终于在天际消失得无影无踪。人群早已走散，而我们这些孩子仍旧呆呆地站在那里，伸着脖子搜索着天空，突然间，布洛西朝空中发出一声欢呼，向那鹰飞走的方向叫道："飞吧，飞吧，现在你又得到自由啦！"

　　我还必须提一下邻居家手推车车棚里的事。每当天上下起倾盆大雨的时候，我们总蹲在那里避雨，两个人在半明半暗的车棚里挤在一起，谛听滂沱大雨的咆哮轰鸣，凝视着庭院里雨水形成的泉水，河流和湖泊，看着它们不断溢出，不断交叉，又不断变换着形状。有一回，当我们这么蹲着、倾听着的时候，布洛西开口说道："你瞧，快要闹水灾了，我们怎么办？整个村子都已遭到水淹，大水已经流进了森林。"于是我们便绞尽脑汁设法拯救自己，我们窥探着庭院四周，倾听着震耳的雨声以及较远处洪水和波浪激起的轰隆声。我建议用四根或者五根木头捆扎一只木筏，肯定可以负载我们两人。而布洛西却冲我叫道："哼，你的父亲母亲呢，我的父亲母亲呢，还有猫咪，还有你的小弟弟，怎么办呢？不带他们走吗？"当然，我当时一时冲动和害怕，根本来不及考虑周全，于是我为自己辩解而撒谎道："是的，我这么想的，因为我考虑到他们都已经淹死。"布洛西听后露出了沉思和悲哀的神情，因为他真切地想象出那幅景象了。过了一会儿他才说道："现在我们玩别的游戏吧！"

当时，他那只可怜的乌鸦还活着，到处欢蹦乱跳的，我们有一次把它带到我们家花园的小亭子里，放在横梁上，它在上面走来走去，就是没法下来。我向它伸出食指，开玩笑地说："喂，约可波，咬吧！"于是它便啄了我的指头。虽然啄得并不很痛，我却火了，想揍它一顿以示惩罚。布洛西却紧紧抱住我的身体不让我动，直至那乌鸦提心吊胆地走下横梁，逃到外面。"让我走，"我叫道，"它咬了我。"并且和布洛西扭打起来。

"你自己亲口对它说的：约可波，咬吧！"布洛西嚷嚷着，并向我说明，那鸟儿丝毫也没有错处。我有点怕他那教训人的口气，只好说："算了。"可是心里暗暗下定决心，另找机会再惩罚那只鸟儿。

事后，布洛西已经走出我家花园，半路上又折转身子，叫住了我，一边往回走，我站着等他。他走到我身边说道："喂，行啦，你肯真心向我保证，以后不对约可波施加报复吗？"见我不予答复，态度僵硬，他便答应送我两只大苹果。我接受了这个条件，他这才回家去了。

不久，他家园子里的苹果树第一批果子成熟了，他遵守诺言送我两只最大最红的苹果。这时我又觉得不好意思，犹豫着不想拿，直到他说："收下吧，并不是因为约可波的事，我是诚心送你的，还送一个给你的小弟。"我这才接受下来。

有一段时期我们经常整日下午都在草地上跳跳蹦蹦，随后跑进树林里去，树下长满了柔软的苔藓。我们跑累了，便坐下来休息。几只苍蝇围着一只蘑菇嗡嗡嗡地飞舞不止，到处都有鸟儿的踪影，我们能认出其中的少数几种，大多数都说不上名儿来。我们还听见一只啄木鸟正在努力敲击树木，周围的一切都让我们感到又愉快又舒适，因而我们之间几乎不交谈，只是在看到什么特别有趣的东西时，才向另一个人指点着让对方也加以注意。我们坐在绿树成荫的拱形下的空地里，柔和的绿光从空隙间洒下，远处的树林消失在一片充满不祥之兆的褐色的苍茫之中。这一切和沙沙沙的树叶及扑棱棱的鸟儿相映成趣，好似一个充满了魔力的童话世界，四周回荡着一片神秘莫测的陌生的音响，似乎蕴含着无数的意义。

有一次布洛西奔跑得太热了，便脱去上装，接着又脱下了西装背心，躺卧在苔藓地上休息。后来当他侧转身子时，衬衫翻落到脖颈后面，我看见他雪白的肩上有一道长长的红色疤痕，吓了一跳。我当即就想问清楚伤痕的来历。过去，我一向喜欢打听别人的倒霉事来取乐。但是不知道怎么搞的，这次我却不想打听，并且居然还装出一副什么也没有看见的样子。然而布洛西那个巨大的伤疤让我非常难过，当初那伤口一定很痛，一定流了很多血，我感到自己在这一瞬间对他的怜悯之情比过去任何时候都更为强烈，但就是不知道用什么话来表达。那天我们很晚才一起离开树林回家，后来一到家我就从自己的小房间里取出我那把最好的、用一段很结实的接骨木树干做的手枪，这是我们家的雇工替我做的，我赶忙下楼把它送给布洛西。他起初以为我在开玩笑，后来又推辞不肯接受，甚至把双手藏在背后，我只好把手枪硬插到他衣袋里。

往事一幕接着一幕，统统都浮现在我眼前。我也想起了我们在小河对岸的枞树林里的情景。我有一度很愿意和小伙伴们到那里去玩，因为我们都很希望看见小鹿。我们踏进一大片广阔的空地，在那些笔直的参天大树间的光滑的褐色土地上行走，可是我们走了很远很远也没有看见任何小鹿的踪迹。我们只见那些露出泥外的大枞树的根边躺着许多巨大的岩石，而且几乎每块岩石上都有一些地方长着一片片、一簇簇的嫩绿苔藓，好像是一小块一小块的绿色颜料。我想把这些还没有巴掌大的苔藓揭下一块来。但是布洛西急忙阻止我说："别，别动它们！"我问为什么，他解释说："这是天使走过森林时留下的足迹，天使的足迹到过哪儿，哪儿的石头上便会立即长出苔藓来。"于是我们把找寻小鹿的事忘得干干净净，痴痴地期待着，也许会有一位天使恰巧来到跟前。我们呆呆地伫立着，注意观看着。整个森林死一般地寂静，褐色的土地上洒落着明晃晃的、斑斑驳驳的阳光，我们朝树林深处望去，那些挺拔的树干好似一堵堵红色柱子排成的高墙；抬头仰望，在浓密的树冠上方，天空一片湛蓝。凉风习习，无声无息地吹拂着我们的身躯。我们两人都惴惴不安和紧张起来，因为四周太寂静了，连一个人影儿都没有。我们暗自想，也许天使很快就会来临，就又等候了一会儿，过后，我们便默默地迅速走过那许许多多的岩石和树干，走出了树林。当我们再来到草地上，越过小河后，我们还回首眺望了半晌，然后就急急忙忙地跑回家去了。

后来，我还曾和布洛西吵过一架，不过很快便又和好了。不久就到了冬天，也就是说，布洛西开始卧病不起，而我也不知道要不要去看他。当然，我后来是去看过他一次或两次的，去的时候，他躺在床上，几乎一言不发，这使我觉得又恐惧又无聊，尽管他母亲送给我半只橘子吃。以后我就不曾再去看望他。我和自己的弟弟玩，和家里的雇工或者女仆玩，这样又过了很长一段时期。雪下了，又化了，又这么重复了一次；小河结冰了，又融解了，变为褐色和白色，发过一次大水，从上游冲下来一头淹死的母猪和一截木头；我们家孵出了一窝小鸡，其中死了三只；我的小弟弟生过一次病，又复原了；人们在仓库里打谷，在房间里纺纱，现在又在田野里播种；这一切布洛西都没有在场。就这样，布洛西离我越来越远，最后完全消失了，被我完全忘却了。——直到目前，直到今天晚上，红光透过钥匙孔照进我的小屋，我听见爸爸对妈妈说："春天来时，他就要去了。"我这才想起了他。

在这无数错综交叉的回忆和思索中，我沉沉入睡了，也许在明天的生活中，这些刚刚记起的对于久已疏远的游伴的回忆又会消失泯灭吧，即或还有，那么也不可能再恢复到这样的清晰和美丽动人的程度了。可是就在吃早饭时，我母亲问我："你不记得从前常常和你一起玩耍的布洛西啦？"

我当即叫喊说："记得的。"于是她便用一贯的温柔口气告诉我："开春时，你们两人本来可以一起上学去。但是他病得很严重，怕是不能上学了。你不想去看看他吗？"

她说时很认真，我当即想起夜里听到的父亲说的话，我心里有点儿害怕，同时却又产生了一种对于恐怖事情的好奇。根据我父亲的说法，从那个布洛西脸上已可以看到死神，这对于我简直有一种不可言传的恐怖和魅力。

　　我连忙回答说："好的。"母亲又严厉地警告我："记住布洛西正患重病！目前你不能和他玩耍，也不准你打扰他。"

　　我允诺遵守母亲的种种教导，保证绝对安静小心，于是当天上午就去了他家。布洛西家安静而又有点肃穆地坐落在两棵光秃秃的栗子树后面，我在屋子前站立片刻，倾听着走廊里的动静，几乎又想逃回家去。但是我终于控制住了自己，匆匆忙忙地跨过那三级红石块铺成的台阶，穿过一道敞开着的双扇门，一边走一边观望着四周，接着我轻轻地叩了叩里边的一扇门。布洛西的母亲是一个瘦小、灵巧而又和蔼可亲的妇女，她出来抱着我亲了一下，接着问道："你是来看布洛西的吧？"

　　一会儿工夫，她就拉着我的手站在二层楼一扇白色的门前了。这一双正在把我导向幽暗神秘而又充满恐怖的奇异环境中去的手，在我看来，不是一双天使的手，就是一双魔鬼的手。我的心吓得猛跳不已，好似在向我报警。我犹豫不定，尽力向后退缩，布洛西的母亲几乎是硬把我拉进了房间里去的。房间很大，光线充足，又干净又舒适；我踌躇不安地、恐惧地站在门边，眼睛望着白得发亮的床铺，她正拉着我往那边走去。这时布洛西向我们转过脸来。

我细细瞧着他的脸，这脸膛儿狭长尖瘦，不过我没能看出那上面的死神，只见他脸上有一层柔和的光彩，在他的眼睛里有一些陌生的、既善良又顺从的神色。他的目光让我产生了类似那次在寂静的枞树林中伫立倾听时的心情，那时我怀着强烈的欲望屏息静气地期待着天使走过自己身旁。

布洛西点点头，一面向我伸出手来，那只手发烫、干燥，瘦骨嶙峋。他母亲轻轻抚摩着他，朝我点点头后便走出了房间。我独自一人站在他那张高高的小床边，凝望着他，好半晌两个人都不吱声。

"怎么样，又见到你啦?"布洛西终于打破了僵局。

我说："我很好，你还好吗？"

他接着问："是你母亲让你来的吧？"

我点点头。

他似乎疲倦了，脑袋又落回到枕头上。我不知道该说什么话是好，只得一个劲儿啮咬着帽子上的穗儿，一面目不转睛地凝视着他，而他也回望着我，后来他朝我诙谐地微微一笑，便又闭上了眼睛。

他略略向旁边侧转身子，他转身时我忽然透过纽洞看见一丝红色的痕迹，这就是肩上那块大伤疤，我一看见它便忍不住大声啼哭起来。

"哎呀，你怎么啦？"他急忙问。

我无法回答，继续大哭着，并一边用那顶粗呢帽子擦着脸颊，直擦得脸颊发痛。

"你说呀，为什么哭呢？"

"就因为你病得太重。"我回答道。其实这并不是真正的原因。事实上是那股强烈而又充满温情的怜悯的浪潮，也就是那曾一度袭击过我的浪潮又突然向我涌来的缘故，而我又没有其他办法可以将其发泄出来。

"其实并没有那么严重。"布洛西劝慰我。

"你会很快复原吗？"

"嗯，可能的。"

"究竟还要多长时间呢？"

"我不知道。总还要拖一段时期。"

过了一会儿我发现他已经睡着，就又待了片刻，然后便径直下楼回家去了。回到家后母亲居然没有盘问我，这使我非常高兴。她肯定发现我的神色有所改变，也断定我已经体会到了一点儿什么东西，于是她一面用手抚摩着我的头发，一面点着头，却什么也没有说。

尽管发生了这种事儿，那一天我还是整日地任性放纵、胡作非为，不是和小弟弟吵架，就是去捉弄在厨房里干活的女仆，再不然就是在潮湿的草地上打滚，回到家里脏得像泥猴。总之，我肯定干了很多诸如此类的事，因为我至今仍记得清清楚楚，那天晚上母亲特别亲切而又严肃地看着我——也许母亲想让我在默默无言中专心回忆早晨的事情。我很理解她的心意，感到非常后悔。母亲察觉到了我的后悔心情，便做了一桩令我十分奇怪的事。她从窗台上端下一只陶器花盆递给我，装满泥土的花盆里种着一棵黑色的球形的植物根，上面已经冒出两瓣尖尖的、淡绿色的、生气勃勃的嫩芽。这是一盆风信子。她边把花盆递给我，边说："小心点儿，从现在起它归你管了。以后会开出大红花的。花盆就放在那里，你得细心照料它，别让人碰坏了，也不要搬来搬去，每天必须浇两回水。倘若你忘记了，我会提醒你的。等到它开出了美丽的花朵，你就给布洛西送去，他会高兴的。你说好不好？"

母亲催我上床休息，我躺在床上还一直自豪地想着这盆花，似乎花朵盛开与否将是关系到我声誉的头等重要大事，可是就在第二天早晨我就忘了浇水，直到母亲提醒我。"布洛西的花怎么样啦？"她问道。以后很多日子里她也必须这样一次次提醒我。尽管如此，当时并没有任何东西像这盆花似的强烈地占据着我的心，给予我幸福的感觉。当时家里还养着其他许多花，有很多比它更大更美，不论在屋里还是在花园里，父母亲也常常指点我欣赏和照料。但是这盆花却破天荒地占据了我的心，我全神贯注地观察这一小生命的成长，精心照料着它，并充满了期望和忧虑。

最初几天这棵小花看上去萎靡不振，好像有什么地方受了伤，没能健康地成长。我先是为此担忧，后来就焦急不安起来，这时母亲对我说："你瞧，这盆花现在正和布洛西一样，病得很重。因此要加倍爱护和照料它。"

我理解了母亲的比喻，如今有一种全新的思想彻底占据了我的头脑。我感到这棵半死不活的小植物和我那病重的布洛西之间存在着一种神秘的关系，最后我甚至坚定地相信，只要风信子鲜花怒放，我那伙伴也就必然会恢复健康。倘若情况相反，那么我的朋友也必死无疑，因此我若稍有疏忽，也就要承担罪责。这种思想形成以后，我便像看守一个只有我才知道底细的、具有魔术的宝藏似的又担心又热情地看守着我的小花盆。

在我初次探病后三四天——那棵小植物看上去仍然是气息奄奄的样子——我又去了邻居家。布洛西仍然必须静卧，因而我什么话也没有说，我只是站在床边，瞧着病人仰天躺卧着的脸容，布洛西躺在雪白的床单上显得温顺而安谧。他眼睛时睁时闭，身子则一动也不动，一个比较年长而聪明的人也许会看出小布洛西的灵魂已经很不安宁，很乐意考虑回天堂去了。正当我由于屋子里一片死寂而觉得恐怖时，布洛西的母亲进来了，她温和地拉起我的手蹑着脚走出房间。

我再次去看他时心情要开朗得多了，因为家里我那盆小花带着新的喜悦和生气萌出了尖尖的嫩芽。这回我的小病人也十分活泼。

"你还记得约可波活着时的情景吗？"他问我。

我们便回忆着那只乌鸦，讲到它的种种轶事，又模仿着它仅仅会说的三句短话，然后又热切地讲起了从前曾经在这里迷路的那只灰红相间的鹦鹉。我滔滔不绝地诉说着，没有发觉布洛西早已疲倦，因为我忘乎所以，一时竟完全忘记了布洛西的病。我讲述着那只迷路鹦鹉的事，它是我们家的传奇。故事最精彩之处是：一个老仆人看见那只美丽的鸟儿停在我们家仓房的屋顶上时，便立即搬来一张梯子打算抓住它。他爬上屋顶，正想小心翼翼地靠近它时，那只鹦鹉却开口说话了：

"早安!"于是我们家的那位老仆人脱下帽子,回答道: "真对不起,我刚才几乎把你当成一只鸟了。"

我讲述着,心里想,布洛西一定会大笑出声的。但他并没有立即发笑,我十分惊讶地望着他。我见他非常文雅而又亲切地微微一笑,脸颊比方才略略红润些,可是他什么话也没有说,更没有笑出声来。

这时我突然觉得他似乎比自己年长许多岁。我的高兴劲儿一下子烟消云散了,代之以迷惑和不安,因为我这才明白我们之间已产生了某种新的东西,使我们互相间变得陌生、隔阂了。

一只大冬蝇在屋子里嗡嗡嗡地飞舞不停,我询问,要不要逮住它。

"不要,让它飞吧!"布洛西说。

在我听来连这句话也像是大人的口吻。我非常拘束地离开了他们家。

归家途中,我生平第一次体会到早春的美,它好似蒙着薄纱,让人充满幻想。后来,数年之后,直到我童年时代结束时,我才重新有这种体会。

这是什么感情,又从何而来,我自己也不明白。

我只记得，当时有一股微风迎面吹来，田垄的边缘高耸着湿润的褐色泥土，在一块块田地间闪着耀眼的光芒，空气中弥漫着一股燥热风的特殊气息。我还记得自己想哼唱几支歌曲，但又立即中断了这种欲望，因为不知道什么东西压迫着我，促使我保持沉默。

这次访问邻人的短短归途给我留下了非常深刻的印象。对于当时所感受到的种种细微的东西，我确实难以说清了；不过有时候只要我闭上眼睛回溯过去，便能够再度以儿童似的眼睛观看大自然——这点是上帝的赠予和创造，仿佛看到了在朦胧而灼热的幻境中的无与伦比的美，而这些我们成年人只能在艺术家和诗人的作品中见到。这条归途大概不到二百步，但是我所体会到的，我所经历到的，不论是天上的事还是地下的事，全都比我后来的许多次旅行中所体验的要丰富得多。

光秃秃的果树上，那些盘绕交错的树枝已萌出了褐红色的细柔的新芽和带有松香味的花蕾，和风以及一堆堆云块掠过果树上空，树下则是洋溢着春天气息的赤裸裸的大地。雨水溢出水沟流到路上，形成一条细长肮脏的小河，河上漂浮着枯黄的梨树叶和褐色的碎木片，这一片片枯叶和木片就像是一叶叶小舟，一会儿向前急驶，一会儿被堵住搁了浅，它们经历着喜悦、痛苦和种种变幻莫测的命运，而我的经历正是和它们一样。

一只乌黑的鸟儿猝然从我眼前飞过，在空中盘旋飞翔，它摇摇摆摆地扑打着翅膀，突然间发出一声长长的洪亮的颤音，接着猛地向高处冲去，闪烁着变成了一个小点，我的心也令人惊讶地跟随它飞向高处。

一辆空的运货车由一匹马拉着驶过我身边，我的目光跟随着隆隆作响的车辆，一直到它在附近的拐弯处消失为止，那车辆连同那匹强壮的烈马来自一个陌生的世界，又消失在陌生世界之中，它勾起我许多美丽的遐想，这些遐想又随它而去。

这是一个小小的回忆，或者说是两三个小小的回忆。但是谁能要求一个孩子在一个钟点或者更多一些时间内，把自己从石块、田地、鸟儿、空气、色彩以及阴影处获得的体会、激情和欢乐叙述得清清楚楚呢？况且后来我很快就把它们忘记得干干净净了；再说它们难道就没有影响我后来生活的命运和转变吗？

地平线上那一丝特别的色彩；屋里、花园里或者森林里那一种极细微的声音；一只蝴蝶的美丽外表或者不知何处飘来的香味，这些常常在瞬间引起我对早年的全部回忆。它们虽然模模糊糊，一些细枝末节也难以辨别，却全都具有和当时同样媚人的香味，因而在我和那些石头、鸟类以及溪流之间有一种内在的联系，我热切地去探索它们的痕迹。

我那盆小花开始往上长，叶片越来越大，看上去十分茁壮。我内心的喜悦以及我对小伙伴必定痊愈的信心也与日俱增。有一天，在那些肥厚的叶片之间终于长出了圆圆的红色花蕾，花蕾日益见大，不几天就开出了一朵充满神秘的镶着白边的美丽的卷瓣红花。那天我高兴得不得了，把原来打算小心翼翼地、自豪地把花盆捧到邻居家送给布洛西的事，也居然忘记得干干净净。

接着又是一个晴朗的星期天。黑黝黝的田野里已经冒出碧绿的嫩芽，天上的云朵都镶着金边，在潮湿的大街上、庭院里和广场上都映着一片片澄净柔和的蓝天。布洛西的小床移到了窗户边，窗台上鲜红的风信子花正朝着太阳，闪烁出耀眼的光芒。布洛西请我帮他略略坐直身子，让他斜倚在枕头上。他说的话比往常多些，温暖的阳光令人高兴地照在他蓬松的金发上，金发熠熠生辉，把他的耳朵也映得通红。我感到很欣慰，因为布洛西显然很快便可完全康复。他的母亲坐在我们旁边，等她觉得我们已经谈得差不多时，便送给我一个她冬天储藏的大黄梨，并打发我回家。我刚走下台阶就把梨子咬了一大口，熟透的梨很软，像蜜一般甜，汁水顺着腮帮一直流到了手上。半路上我把吃剩的梨核用力一扔，梨核从高空中落进了田野里。

　　第二天下了整整一天雨，我只能待在家里，大人允许我洗干净手后随意翻阅有插图的《圣经》，其中有许多我心爱的故事，而我最喜欢的是《天堂里的狮子》《艾利沙的骆驼》和《摩西的孩子们在芦苇中》。但是第二天仍然没完没了地下着大雨，下得我火冒三丈。大半个上午我呆呆地瞪视着窗外瓢泼大雨下的庭院和栗子树，接着就把自己所知道的玩具一样样依次玩了一遍，等到一切都玩过之后，天色已近黄昏，这时又和弟弟打了一架。还是老花样：我们先是闹着玩，后来小家伙骂了我一句脏话，我便揍了他，他就号叫着逃出房间，穿过走廊、厨房、楼梯和起居室，来到母亲身边，扑进她的怀里，母亲叹着气让我走开。后来父亲回家了，她便把打架的事一五一十地向父亲述说了，他惩罚了我，训斥一通后即刻打发我上床睡觉，我感到难以名状的不幸，泪汪汪的，倒也很快就睡着了。

　　大概就在第二天的早上，我又到布洛西家去了，站在他的床前，他母亲总是把一根手指放在嘴前向我示意别出声，布洛西双目紧闭躺在床上，发出轻轻的呻吟声。我胆怯地望着他的脸，只见他脸色苍白，由于痛苦而歪扭着。他母亲拿起我的手放在他手里，布洛西张开眼睛，默默地凝视了我片刻。他的眼睛大大的，已经变了样，当他看着我时，那目光显得陌生而又冷淡，好似从很远处看过来，好似他根本不认识我，为看到我而吃惊，而且好像正在思考某些更为重要得多的事情。我逗留片刻后便踮起脚尖走出去了。

当天下午，他母亲在他的央求下，给他讲起故事来，他听着听着就昏昏沉沉地睡着了，一直睡到傍晚，这段时间里他那微弱的心跳动得越来越慢，终于完全停止了。

夜里我上床安睡时，我母亲已得知这个消息。而直到第二天早晨喝完牛奶后，她才把事情告诉我。那天我整日像梦游神似的到处转悠着，脑子里一直想着布洛西，他已经升入天堂，会不会也变成天使。我不知道他那肩上有着大伤疤的瘦瘦的身躯是否还躺在隔壁房子里，我丝毫也没有听说埋葬的事，也没有看到埋葬他。

很长一段时期内，我脑子里尽想着这件事，直至已故者的身影在我的记忆里逐渐遥远、逐渐消失。后来，春天突然早早降临了，黄色、绿色的鸟儿飞过山头，花园里散发出草木的香味，栗树正在慢慢地发芽，探出柔软卷曲的嫩叶。一道道水沟边，金黄色的花朵在肥壮的茎秆上展现着灿烂的笑容。

（1904 年）

黑塞年表

1877 年 7 月 2 日，出生于德国符腾堡州的卡尔夫。

1896 年，在《德国诗人之家》上首次发表诗歌。

1900 年，为《瑞士汇报》撰写文章和文艺评论，开始赢得一定声誉。

1906 年，出版小说《在轮下》由菲舍尔出版社出版。

1916 年，父亲去世，妻子开始出现精神分裂，加上小儿子的病痛让黑塞精神崩溃；首次接受心理治疗，医师是荣格的学生 J.B. 朗格。

1919 年，小说《德米安》由菲舍尔出版社出版，采用笔名埃米尔·辛克莱。

1920 年，小说集《克林索尔的最后夏天》由菲舍尔出版社出版。

1921 年，创作《悉达多》的过程中经历创作危机；由荣格给他作心理分析。

1922 年，《悉达多》由菲舍尔出版社出版。

1925 年，《疗养客》由菲舍尔出版社出版。

1926 年，散文集《图画集》由菲舍尔出版社出版；当选为普鲁士艺术学院院士。

1927 年，《纽伦堡之旅》和《荒原狼》由菲舍尔出版社出版。

1928 年，散文集《沉思录》和诗集《危机》由菲舍尔出版社出版。

1929 年，诗集《夜之慰藉》和《世界文学文库》由菲舍尔出版社出版。

1930 年，小说《纳尔齐斯和哥德蒙特》由菲舍尔出版社出版；退出普鲁士艺术学院，托马斯·曼挽留未果。

1932 年，小说《东方之旅》由菲舍尔出版社出版。

1933 年，短篇小说集《小世界》由菲舍尔出版社出版。

1934 年，当选瑞士作家协会会员。

1936 年 3 月，获凯勒文学奖。

1943 年，《玻璃球游戏》由苏黎世的弗莱茨 & 瓦斯穆特出版社出版。

1946 年，获歌德文学奖；获诺贝尔文学奖。

1947 年，被伯尔尼大学授予荣誉博士称号。

1954 年，童话《皮克多变形记》由苏尔坎普出版社出版。

1957 年，《黑塞文集》由苏尔坎普出版社出版，共七卷。

1962 年 8 月 9 日，在蒙塔涅拉去世。

新
流
xinliu

产品经理 _ 于志远　特约编辑 _ 李睿

封面设计 _ 朱镜霖　营销编辑 _ 肖瑶　产品监制 _ 吴高林

流动的智慧　永恒的经典

图书在版编目（CIP）数据

克林索尔的最后夏天 /（德）赫尔曼·黑塞著；张
佩芬译 . —— 南京：江苏凤凰文艺出版社，2024.6（2024.8 重印）

ISBN 978-7-5594-8616-5

Ⅰ . ①克… Ⅱ . ①赫… ②张… Ⅲ . ①中篇小说 – 德
国 – 现代 Ⅳ . ① I516.45

中国国家版本馆 CIP 数据核字 (2024) 第 082632 号

克林索尔的最后夏天

[德] 赫尔曼·黑塞 著　张佩芬 译

责任编辑	白　涵	
特约编辑	李　睿	
装帧设计	朱镜霖	
责任印制	杨　丹	
出版发行	江苏凤凰文艺出版社	
	南京市中央路 165 号，邮编：210009	
网　址	http://www.jswenyi.com	
印　刷	天津中印联印务有限公司	
开　本	710 毫米 ×1000 毫米　1/32	
印　张	6.25	
字　数	88 千字	
版　次	2024 年 6 月第 1 版	
印　次	2024 年 8 月第 2 次印刷	
书　号	ISBN 978-7-5594-8616-5	
定　价	35.00 元	

江苏凤凰文艺版图书凡印刷、装订错误，可向出版社调换，联系电话：025-83280257